龍の蒼、Dr.の紅

樹生かなめ

講談社X文庫

目次

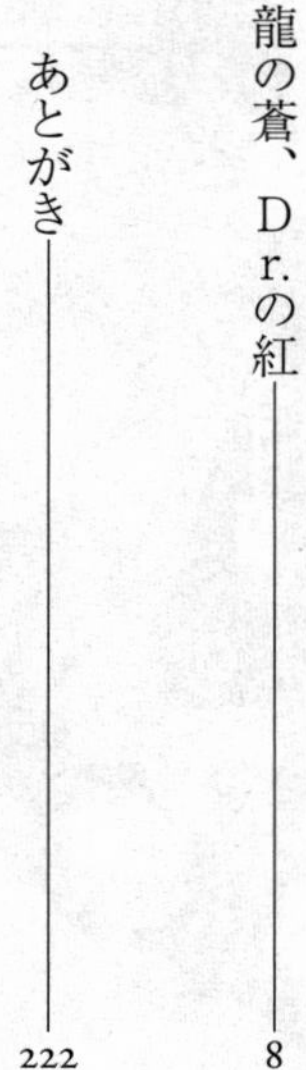

橘高正宗
【きったか まさむね】
清和の養父。
眞鍋組顧問。
祐
【たすく】
眞鍋組の参謀。
安部の息子のような存在。
安部信一郎
【あべ しんいちろう】
正宗の右腕であり舎弟頭。
眞鍋組組員の信望が厚い。
橘高典子
【きったか のりこ】
清和の養母。
リキ
清和の右腕。
眞鍋の虎と呼ばれる。
橘高清和
【きったか せいわ】
眞鍋組二代目組長。
氷川の恋人。
氷川
氷川諒一
【ひかわ りょういち】
清和の恋人。
明和病院に勤める
美貌の内科医。
人物紹介

京介
【きょうすけ】
ホストクラブ・ジュリアスの人気ホスト。ショウの幼馴染み。
サメ
眞鍋組の
諜報部隊トップ。
ショウ
清和の舎弟。
眞鍋組の特攻隊長。
吾郎
【ごろう】
清和の舎弟。
卓
【すぐる】
清和の舎弟。
箱根の旧家出身。
宇治
【うじ】
清和の舎弟。
信司
【しんじ】
清和の舎弟。
摩訶不思議の信司と呼ばれる。

イラストレーション／奈良千春

龍の蒼、Dr.の紅

1

今年はどんな梅雨だったのか、どんな夏だったのか、氷川諒一(ひかわりょういち)は覚えていない。いつの間にか、茹(う)だるように暑い夏の日々が過ぎていた。

氷川が可愛(かわい)い幼馴染(おさななじ)みと想定外の再会を果たしたのは、去年の晩夏だった。振り返れば三十年生きてきたうちの一年だが、もう何十年も橘高清和(きったかせいわ)の姐(あね)として過ごしていたような気がする。

あまりにも想像を絶する修羅が多すぎた。

先日、裏社会統一をかけた熾烈(しれつ)な大戦争があったばかりだ。

もっとも、裏社会でどんな戦いがあっても、勤務先の明和(めいわ)病院はなんら変わらない。付近の高級住宅街に住む贅沢(ぜいたく)に慣れきった常連患者にしてもそうだ。眞鍋(まなべ)組や関東の大親分、長江(ながえ)組の裏工作かもしれないが、メディアで関西ヤクザ大戦争は取り上げられなくなった。残虐非道な眞鍋組二代目組長のイメージは浸透したままだが。

夏季限定販売の売れ残りだというスイカのマフィンが差し入れられた日、氷川は判で押したような仕事を終え、送迎専用のメルセデス・ベンツで眞鍋組が牛耳る街に向かう。昨日と同じように、運転手は諜報(ちょうほう)部隊に所属しているイワシだ。

先週までは眞鍋組知能派幹部候補の卓、諜報部隊のシマアジやメヒカリも護衛についていたし、前後には眞鍋組関係者の車やバイクが走っていた。ようやく、落ち着いてきたのかもしれない。

「イワシくん、清和くんは無事なんだね？」

氷川が青ざめた顔で昨日と同じ質問をすると、イワシはハンドルを左に切りながら力強く答えた。

「二代目はご無事です」

「そろそろ会えるのかな？」

「申し訳ございません。あと少しだけお待ちください」

氷川の命より大切な男は眞鍋組二代目組長だ。裏社会統一を目の前にして、関東の総元締とも言うべき竜仁会会長の立ち会いによる手打ちを受け入れた。予定通りにことは進まなかったが、荒技に次ぐ荒技で幕を下ろしたのだ。

表向き、平穏が訪れたように見えるが、清和には息をつく間もなかった。

ふたりで一緒に暮らしているはずなのに、ゆっくり過ごすどころか、顔を合わせる時もない。すれ違いの日々が続いていた。

「リキくんやショウくん、祐くんたちもみんな、無事だね？」

氷川の大切な男は清和だけではない。揃いも揃って命を大事にしないから気が気でなかった。

「ご心配なさらず」

「祐くんは倒れていると思う」

眞鍋組で最も汚いシナリオを書く策士の最大で唯一の弱点が身体能力の低さだ。華奢な氷川より体力も腕力もない。

「魔女は倒れても自力で復活します」

「いくら祐くんでも生身の人間だから」

「魔女が生身の人間なら八百万年生きている猫は生身の人間です」

イワシの全身から魔女に対する桁外れの鬱憤が発散された。これ以上、端麗な参謀について論議しないほうがいい。

「橘高さんや安部さんたちも無事だね？」

昔気質の眞鍋の重鎮たちは、自分の命を長江組に差しだそうとした。言わずもがな、長江組と死体の数が合わせられないからだ。祐は眞鍋の大黒柱が溺愛している幼子を使って阻止した。橘高に大恩のあるホストクラブ・ジュリアスのオーナーは氷川を連れだし、違った方面から収束させようとした。禁じ手を駆使するところまで差し迫っていたらしい。

「安心してください」

「サメくんは無事だよね？」

サメは陰の実働部隊とも諜報部隊とも言われている精鋭部隊を率いているが、意外なくらい部下を大事にする。今回、長江組に部下を殺され、ブチ切れたことが極道らしからぬ戦法の原因だ。サメは長江組の武闘派若頭の平松を暗殺して彼に扮し、一徹長江会の金看板を掲げた。これで長江組は東京進出どころか、分裂抗争だ。

けれど、さすがというか、当然というか、長江組は的確に真実を摑んでいた。それ故、サメが化けた平松ではなく、眞鍋組二代目組長と交渉したのだ。

「サメはブラジルでサンバを究めているそうです」

イワシの頭部から鋭敏な角が生えたような気がしないでもない。敬愛以上に抜き差しならない黒い感情が蓄積されている。

「前はハワイでフラダンスを究めている、って言っていたよね」

フラダンスの次はサンバ、と氷川の瞼には派手な衣装で軽快なサンバのリズムを刻むサメが浮かんだ。

「たぶん、次はベリーダンスだと思います」

「サメくんらしくて安心した」

「眞鍋の龍虎コンビは呆れていました」

「長江組の攻撃は？」

長江組の大原組長が戦争終了を宣言しても、燻っている長江組構成員は多い。盃を返した後、サメの命を狙う元長江組構成員が後を絶たなかったという。あの時、サメはあえて殺されたように見せかけたのだ。

当然、元長江組構成員のターゲットはサメだけではない。眞鍋組二代目組長の生首を晒したいだろう。

「何もない……と言いたいところですが、小競り合いはあります。戦争にはなりません。長江の奴らもわかっています」

核弾頭という異名を持つ二代目姐の性格を考慮し、イワシは不夜城の内情を明かした。注意を促しているのだろう。

「今でもサメくんは狙われている?」

「はい、長江の奴らにマークされているでしょう。サメは極道を理解しているようで理解していなかった」

イワシはどこか達観したように言ったが、氷川もそういったことは何度も耳にした。仁義が遠い昔の遺物になり、金ですべてを決める現代ヤクザと化していても極道の魂まで失ったわけではないという。馬鹿馬鹿しいことに命を賭けることが極道だと言うが、どの方面から考慮しても理解できない。

「サメくん、安全なところに匿ってもらったほうがいい」

氷川は二度とサメが被弾する姿は見たくない。それこそ、核シェルターに放り込みたかった。

「姐さん、この世に安全なところはありません。安全なところだと思っても安全じゃありません」

イワシの言葉には反論できない重みがあった。挨拶(あいさつ)代わりの裏切りがまかり通っているからだろう。

医師の世界でも裏切りは珍しくないから、氷川も納得せざるをえない。パートナーシップは利害が一致した時のみに発揮される。

「眞鍋組を解散したら、長江もわかってくれるかな?」

愛(いと)しい男が背負っている眞鍋の金看板を取り上げたい。今回の激烈な戦争を目の当たりにし、氷川は改めて強く思った。

「その話を俺にしないでください」

「イワシくんは眞鍋組解散に賛成してくれるよね?」

添加物をいっさい使用しないハンバーグやソーセージなど、健康的な食品を取り扱う『お母さんの台所』プロジェクトは中止になっていない。眞鍋組構成員の信司(しんじ)や便利屋の夏目(なつめ)がいるから、そう簡単に諦(あきら)める気はなかった。

「俺に食品会社勤めは無理です」

イワシの声音に微妙な恐怖が混じった。

「じゃあ、眞鍋寺」

「さらに無理」

……うわ、髪がまた抜ける、とイワシは独り言をポツリと零したが、発散される恐怖がさらに増大した。

「イワシくんも危険なことはいやでしょう」

ポンッ、と氷川は叱責するように背もたれを叩いた。イワシは真面目で優しく、武器を扱うより決算報告書と格闘するほうがしっくり馴染む。

「姐さん、俺がサメの部下だって忘れていますね」

根本的に俺を誤解しています、とイワシは暗に匂わせている。

「イワシくんもサメくんみたいにお蕎麦の食べ歩きがしたい？　今は食べ歩きじゃなくてサンバか……イワシくんがダンス好きとは知らなかった」

「……そ、そうじゃなくて、結局、俺もほかの奴らもまっとうな生き方ができない」

爽やかな好青年はいったいどんな人生を歩んできたのだろう。一瞬にして、車内の空気は切ないぐらい重くなった。

「何を言っている……あ、あれ？　あれはショウくんと宋一族の……えっと、犬童くん？」

いつしか、車窓の向こう側には眞鍋が統べる街が広がっていた。点心専門店の前、本来の氷川の送迎係が宋一族の若い男と揉み合っている。

「姐さん、気にせずに」

イワシはスピードを上げようとしたが、どこからともなく、セクシーキャバクラの看板が進行方向に飛んでくる。慌てて、ハンドルを右に切った。

「宋一族は眞鍋を恨んでいるのかな？」

香港マフィアの楊一族との戦争に負け、宋一族は日本に流れてきたという。以来、香港奪還を目論み、虎視眈々と力を蓄えていたらしい。先代総帥は穏健派だったが、代替わりしたばかりの若い総帥は激しく、眞鍋組のみならずほかの闇組織からも危険視されていた。氷川も思いだしただけで背筋が凍りつく。

「宋一族が眞鍋を恨むのは筋違いですが、ムカついているみたいです」

「抗争になる？」

「獅子王は戦争したがっています」

「……あ、あの恐ろしい総帥……抗争になってしまう？」

「ダイアナは眞鍋と戦争するほど、チョロい奴じゃありません」

サメは変装が得意な宋一族の協力を得て、長江組を分裂させ、破竹の勢いで裏社会統一を進めた。長江組と眞鍋組の休戦に反発し、清和を裏切ってまで裏社会統一を目指したのだ。正確に言えば、裏切ったように見せかけ、裏社会の頂点を目指した。宋一族とは全面戦争を回避したが、友好的な関係が築かれている気配はない。

「ダイアナさんが戦争を避けさせてくれるならいい……あ、イワシくん、停めて。メヒカリくんも泣きそうな顔をしている」

ショウと犬童が殴り合っているそば、六角の大きな中国提灯の下では、諜報部隊のメヒカリが肉まんを手に落涙していた。隣では中華服に身を包んだ青年が涙目で桃まんを囓っている。何も知らなければ青春の街角に見えないこともないが、氷川の目には戦時中の街角に見えた。

「メヒカリはよく泣きます」

イワシはどこか兄のような顔で、新入りメンバーについて語った。実際、メヒカリは末弟のような立場だという。

「ちょっと様子が変だ。停めて」

「姐さん、暴れないでください」

「暴れたくないから停めて」

氷川が目を据わらせると、イワシは観念したようにブレーキを踏んだ。

「俺のそばから離れないでください」

「わかっているから」

「宋一族の奴に近寄らないでください。一定の距離を取ってください……っ……聞いていませんね」

イワシの注意を無視し、氷川は後部座席から飛び降りた。停車位置により、背後からメヒカリに近寄る。

「……化けたサメと化けたダイアナのいちゃいちゃを見ただけで黄疸や蕁麻疹」

中華服姿の青年が辛そうに言うと、メヒカリは涙に潤んだ目で同意するように頷いた。

「わかる。わかるぜ」

「あれとあれのあれを見たらＥＤ」

氷川は中華服に身を包んだ青年が宋一族のメンバーだと気づいた。祐から回された宋一族のデータに綴られていた生え抜きの兵隊だ。大幹部のダイアナに気に入られている若者だった。一瞬、メヒカリと仲のいい友人に思ってしまう。

「全俺でわかる」

メヒカリは涕涙で頰を濡らしつつ、肉まんに囓りついた。すでに肉まんも涙で濡れている。

「うちの被害が大きい」

「あのな、うちもひどいんだ」

メヒカリが涙声で言い返すと、中華服姿の青年は首を振った。

「うちほどひどくないだろ」

「うちは隠しているだけだ。手がつけられないぐらいひどい」

「……あ、人間魚雷」

氷川に気づいた瞬間、宋一族の青年の顔色が変わった。周りの空気も一変し、九龍の大盗賊の覇気が漲る。

「……え？　……あ、姐さん？」

メヒカリはようやく背後に立つ眞鍋組二代目姐に気づいた。肉まんを持ったまま、慌てて姿勢を正す。

「メヒカリくん、どうしたの？」

氷川は保育園の保育士を意識しながら、涙ぐむ子供ならぬメヒカリに尋ねた。

「……姐さん、お疲れ様です。肉まん、如何ですか？」

メヒカリに食べかけの肉まんを差しだされ、氷川は面食らってしまった。新入りが混乱していることは間違いない。

「メヒカリくん、落ち着いて。その肉まんはメヒカリくんの肉まんです」

氷川が慈愛に満ちた顔で肩を叩くと、メヒカリは特攻隊員のような迫力で答えた。

「姐さん、毒味しておきました。毒は入っていません」

「しっかりして」

230円
本日限定

「人間魚雷って姐さんのことじゃないから気にしないでください」

「……人間魚雷って僕のことだったんだ。けど、そんなことはどうでもいいから」

「姐さんは白百合みたいに綺麗で優しくて頭もいい。内科医としては優秀だし、爆発物も作るし、プロの変装を見破る目も持っている。素晴らしいです。決して、人間魚雷ではありません」

メヒカリが早口で捲し立てるや否や、宋一族の青年がボソリと口を挟んだ。

「そうだな。人間魚雷に失礼だ。姐さんより人間魚雷のほうがおとなしい」

「黙れ、黄疸も蕁麻疹もＥＤも姐さんのせいじゃない」

「眞鍋の人間魚雷だろ」

宋一族の青年が断言した瞬間。

ボカボカッ、とイワシがメヒカリと宋一族の青年に鉄拳を振り下ろした。なんとも形容しがたい悲愴感が辺りに漂う。

メヒカリと宋一族の青年は苦しそうに呻きながらその場に蹲った。点心専門店から胡弓の音色が聞こえてくる。

「……イ、イワシくん？」

氷川が呆然とした面持ちで尋ねた時、ショウと頭突きを食らわせ合っていた犬童が叫んだ。

「インポだ。インポ、どうしてくれるーっ」

「インポがなんだ。裸エプロンでインポは吹き飛ぶだろーっ」

ショウは犬童に回し蹴りを決めながら吠えた。

「娘娘クラブの鈴々の裸エプロンでも勃たなかったっ」

「娘娘クラブの鈴々だと？　鈴々の裸エプロンでもふにゃチンなんて男として終わっているーっ」

ふたりともこんなところで、と氷川は天下の往来でショウと犬童が大声で話し合っている内容に目眩を覚えた。

眞鍋組における鉄砲玉筆頭はショウであり、単純単細胞アメーバという名をほしいままにしている。宋一族にもショウと同じタイプのメンバーがいた。今、目の前でいきり立っている犬童だ。

「裸エプロンの鈴々があのダイアナとあのサメのあれにダブる……ヤる気だったのに、一気に萎えるんだ……」

犬童が血走った目で言うと、ショウの顔は哺乳類とは思えないぐらい崩れた。

「なんで、化けたダイアナとサメを想像するんだ。馬鹿か」

「誰も想像したくないのに、一徹長江会の会長と幹部の絡みが目の前に浮かぶ。あのふたりのあれは……髭と髭の絡み合いも体毛の絡み合いもきつかった……筋肉のぶつかり合う音もえぐい……汗と汁と……ゲロゲロゲロ……」

「……あぁ、あれか？　あの後遺症のなんちゃらなんちゃら……北京ダック？」

「馬鹿、北京ダックじゃなくて、葱爆羊肉だ。ぶわっ、と思いだすんだ。インポの奴はみんな言ってる」

「それ、あれだ。油淋鶏だろ」

「叉焼だったかな」

奇跡が起こらない限り、アメーバ同士では正解に辿り着かないだろう。氷川は意を決し、特攻隊長同士の睨み合いに割って入った。

「フラッシュバックじゃないのかな？」

眞鍋組二代目姐を確認した瞬間、ショウは深々と腰を折った。

「……あ、姐さん、お疲れ様です」

「……で、フラッシュバックだと思うよ」

「フラッシュバックでインポっスか？」

ショウにこれ以上ないというくらい真剣な顔で問われ、氷川は思わず息を呑んだ。犬童やメヒカリ、イワシにも凝視される。

「……その、EDは専門外だけど、PTSD……初めから詳しく聞かせてくれないかな？」

宋一族と眞鍋組内部で想定外の異変が起きている。なんとなくわかるが、詳細を聞かなければ答えられない。

「ダイアナとサメの絡みを見た奴らがインポになった」

ショウが言った後、即座に犬童も続けた。

「ダイアナとサメの挨拶アムールを見た奴は黄疸や蕁麻疹になった。治らねぇ。姐さんの呪いだろう」

犬童に人差し指で差され、氷川の声は驚愕で裏返った。

「……ぼ、僕の呪い？」

「姐さんじゃなきゃ、こんなことはできねぇ」

冗談や言いがかりではなく犬童は本気でそう思っているようだ。メヒカリの隣で蹲ったままの青年も。

「黄疸の原因はストレスです。蕁麻疹やＥＤの原因もストレスの場合が多い。話を聞く限り、原因はサメくんとダイアナさんではありませんか？」

サメは宋一族の楊貴妃と夫婦になったと宣言し、一徹長江会による総攻撃を続けたのだ。ふたりは平松会長と幹部に変装した姿で、情熱的に愛し合うこともあったらしい。目の当たりにした宋一族のメンバーやサメの部下たちの心にダメージを与えたのだろう。サメにダイアナを『ママン』と呼ぶように強要された諜報部隊のメンバーも病んでいた。

「Tバックは姐さんの呪いだろ？」

「Tバックじゃなくてフラッシュバック」

「姐さんじゃなきゃ、魔女の呪いか？」

犬童はすべての原因を眞鍋の呪詛だと思い込んでいる。

「被害は宋一族だけですか？」

つい先ほど聞いたメヒカリの言葉が真実ならば、眞鍋側の被害者も多いはずだ。今回、サメの部下たちも真っ二つに割れた。イワシにしろメヒカリにしろ、漲らせる悲愴感が凄まじかったものだ。

「眞鍋の奴らはインポと蕁麻疹とハゲだって聞い……」

犬童が言い終える前に、ショウが怒髪天を衝いた。

「犬童、ツルツル好きの姐さんにハゲをバラすなーっ」

ボカッ、とショウは毘沙門天の如き形相で犬童を殴り飛ばした。

「もう眞鍋寺になれよ」

犬童は体勢を崩したが、倒れたりはしない。点心専門店の看板の前で踏み留まり、隠し持っていたヌンチャクを取りだす。

「冗談じゃねぇ、姐さんの前で寺と坊主の話はするなーっ」

「インポとハゲが広がっているんだからちょうどいいだろ。インポもハゲも坊主には必要だ」

「俺はインポでないし、ハゲでもねぇ」

「眞鍋のホモコンビはインポでハゲだろ」

「二代目と虎はインポでもハゲでもねぇーっ」

ショウが中国坊主の人形を摑み、犬童に投げようとした。

何がなんでも、阻止しなければならない。

氷川が止めようとした瞬間、点心専門店から中華服の女性が土色の顔で飛び出てくる。その手には柳葉刀があった。

「犬童、何をしているの。ダイアナが眞鍋のガキに殺されたわ」

一瞬、辺りに沈黙が走る。

だが、すぐに犬童が声を張り上げた。

「……う、嘘だろっ？」

「本当よ。今、琴晶飯店から連絡が入ったの。眞鍋の核弾頭を抑えて」

中華服の女性は氷川に柳葉刀を向け、犬童はヌンチャクを振り回した。

「……よ、よくも、ダイアナをやりやがったなーっ」

ショウやメヒカリやイワシが、瞬時に氷川を守る盾になる。いったいどこに隠れていたのか、眞鍋組の吾郎や宇治、諜報部隊のシマアジも現れた。

眞鍋組と宋一族の燻っていた導火線に火が点く。

……否、火を点けてはいけない。

「待ちなさい。偽情報に惑わされてはいけませんーっ」

氷川が声を張り上げると、犬童は険しい顔つきで吠えた。

「ガセネタだっていうのか？」

「サメくんとダイアナさんが愛の挨拶をしている姿を見たぐらいで、ＥＤや黄疸や蕁麻疹や脱毛症になった人たちの情報はあてにならない」

氷川が呆れたように手を振ると、犬童はヌンチャクを構え直した。

「……なんだと？」

「まず、ダイアナさんの生死を自分の目で確かめなさい。僕はあのダイアナさんがそう簡単に殺されるとは思いません」

手強い相手のはず、と氷川は胸中で噛み締めた。

宋一族の艶麗な大幹部の辣腕ぶりは世界的に認められている。今回、折に触れ、女狐と揶揄されるしたたかさも聞いた。サメはフランス外人部隊時代から数え切れないぐらい痛い目に遭わされたという。

「……あ、うちのダイアナは強い」

「おそらく、情報が錯綜しています」

「……あ、そういや、長江のスパイを泳がせていたんだ」

犬童が思いだしたように言うと、中華服姿の女性は口を大きく開けた。どうやら、心当たりがあるらしい。

氷川の盾と化しているイワシはスマートフォンを操作し、事実の確認をしているようだ。

「眞鍋がダイアナさんを殺めたのならば僕も許しません。即刻、眞鍋組を解散させ、眞鍋寺にします。ダイアナさんの菩提を弔います」

今度という今度は許さない、と氷川は全精力を傾けて力んだ。

ショウや吾郎、宇治といった眞鍋の男たちは同時に低い呻き声を漏らす。メヒカリは縋るようにイワシのスーツの裾を摑んだ。

「眞鍋の龍虎も魔女も馬鹿も坊主にしろよ」

「はい、清和くんもリキくんも祐くんもショウくんも一緒に出家します」

「イワシは十円玉ハゲでメヒカリは百円玉ハゲでシマアジは五百円玉ハゲだ。そいつらも坊主だぜ」

「イワシくんもシマアジくんも脱毛症？　……わかりました。一緒に出家します」

「よし、ここは引く」

「落ち着いて確認しなさい」

氷川の言葉が合図になり、犬童たちは点心専門店に入っていった。閉じられた扉から兵隊が現れる気配はない。

氷川は周囲の男たちに促され、宋一族が資金を提供している点心専門店から離れた。

「姐さん、すげぇ……サメとダイアナのあれを見たぐらいで……あれを見たぐらいで、か……あのきついの……スマホで見ても吐いた奴が多いのに……」

ショウが感嘆したように言うと、吾郎は強張った顔で賛嘆した。

「姐さん、すごいです」

「姐さん、さすが……」

吾郎やメヒカリも眞鍋組二代目姐の言動に心から感服しているようだ。イワシやシマアジや宇治も背中で称賛していた。

もちろん、氷川は右から左に流す。問題視しなければならないことは眞鍋組二代目組長の行動だ。可愛い亭主はその気になればすぐ、SSS級の殺し屋とコンタクトを取る。

「まさか、清和くんがダイアナさんに殺し屋を送った？」

氷川が美貌を翳らせて聞くと、ショウは素っ頓狂な声を上げた。

「姐さん、ガセネタだと確信していたんじゃないんスか？」

「……ん、偽情報だと思いたいけど……偽情報だよね？」

……いくらなんでもダイアナさんを暗殺したりしないはず。

邪魔者は消せ、が清和くんのポリシーだって聞いたけど、違う。

清和くん、違うよね、ダイアナさん暗殺計画なんて練っていないし、実行していないよね、と氷川は胸中で愛しい男に語りかけた。

「……うぉぉぉぉぉぉ〜っ、ガセネタだって確信していねぇのにあのハッタリっスか？」

ショウは心の底から呆れているようだが、宇治や吾郎、メヒカリたちは豆鉄砲を喰った鳩のような顔で固まっている。

「清和くんは優しくていい子だから、そんな恐ろしいことはしないよね？」

「女狐は殺せるもんなら殺してぇっス」

「ショウくん、なんてことを言うのっ」

氷川が感情を爆発させると、イワシが沈痛な面持ちで口を挟んだ。

「……と、とりあえず、戻りましょう」

「イワシくん、清和くんのところに連れていきなさい」

氷川は十歳年下の亭主に確認しないと気がすまない。

「……とりあえず……その、俺のハゲは後日、相談させていただきます。メヒカリもシマアジもワカサギもハタハタもブリもカワハギもマスもスズキもタラコもイクラもコハダもハマグリもサバもマグロもアジもハゲです……えっと、まだまだいる……」

イワシの口からは、氷川と直に接したことのないメンバーの名まで次から次へと飛びだした。

「……そんなに脱毛症？……あ、ハタハタくんはとっても若いんじゃなかったかな？」

「……あ、ハタハタは姐さんに挨拶したことのあるハタハタじゃなくて新しいハタハタです。この夏、二十二になりました」

なんらかの理由で死亡したり、去ったりしたメンバーのコードネームは、二代目三代目と受け継がれているという。ただ、一度も失敗したことのない凄腕のシャチとエビの名は永久欠番の扱いらしい。サメ以下、メンバーたちの気持ちが込められているのは明らかだ。

「……二十二歳で脱毛症……」

「はい、このままハゲ面積が広がる恐怖が大きくて……サメに相談しても踊るだけだし、銀ダラやアンコウは笑うだけだし……」

イワシの声は今にも露と消えそうなくらい儚かった。優しく慰めたくなってしまうが、氷川はすんでのところで思い留まった。

「……ん、イワシくん、そんな辛そうにしても無駄です。誤魔化されない。清和くんはどこにいるの？」

「とりあえず、ハゲ」

イワシの顔立ちが整っているだけに破壊力のある二文字だが、氷川はいっさい怯んだりはしない。

「とりあえず、総本部？」

「とりあえず、十円玉ハゲ、百円玉ハゲ、五百円玉ハゲ」

イワシに加勢するように、ハゲ仲間のメヒカリやシマアジも並んだ。まさしく、ハゲ男の柵だ。

「ハゲはいい。とりあえず、清和くん」

「とりあえず、ハゲ軍団を増やさないでください。明日、俺のハゲ面積が広がっていたら姐さんの責任です」

「脱毛症は命に関わらないから安心しなさい」

「姐さん、医者の悪い癖です。病気を比べないでください。ハゲは大病です。下手をしたら不治の病……それだけはいやだ」

氷川はあれよあれよという間に専用送迎車に押し込まれ、極道色のない眞鍋第二ビルの寝泊まりしている部屋に運ばれた。カサブランカがいたるところに飾られた部屋に可愛い亭主はいない。

「……ちょ、ちょっと待ちなさいっ」

氷川が引き止める間もなく、頑強な男たちは挨拶もせずに去ってしまう。追いたくても動かないエレベーターに溜め息をついたのは言うまでもない。

2

翌日、氷川はひとりで朝を迎えた。朝陽が差し込むダイニングルームやリビングルーム、パウダールームなど、愛しい男が帰った形跡はどこにもない。ふたりでゆっくり過ごしたのはいつだっただろう。

「清和くん、忙しいのはわかっている。まさか、故意に僕から逃げている？　僕から逃げなきゃならないようなことをしている？　……まさか、まさか、まさか、まさか……」

氷川は負の感情を打ち消すように首を振ると、設備が整ったキッチンに立った。食材は用意されているが、ひとりでは料理をする気にもならない。今朝も有機野菜で作ったスムージーとココナッツオイルを垂らしたコーヒーだ。

身なりを整えると、諜報部隊のベテランである銀ダラがやってきた。サメとともに命が軽く扱われる激戦地を渡り歩いた強者だ。

「銀ダラくん、おはよう……あ、もしかして、銀ダラくんが送迎係？」

「麗しのマダム、今朝は俺に命を預けてください」

銀ダラは仕立てのいいダブルスーツ姿で気障なポーズを取った。サメに匹敵する芸人根性の持ち主だ。

「銀ダラくんにそんな暇はないでしょう」

表向き、サメは元長江組のヒットマンに暗殺されたことになっている。今現在、諜報部隊を率いているのはサメの副官であった銀ダラだ。

「ノンノンノンノン、この世でマダムをお守りする以上の重要な任務はない」

「ショウくんやイワシくんたちが逃げた？」

昨夜の一件、ショウやイワシたちが何かを隠していることは確かだ。

「ノンノンノンノン、俺が立候補しました」

銀ダラはムーラン・ルージュのダンサーのように踊りだした。誤魔化そうとしているのは火を見るより明らかだ。

この場にサメがいたら、間違いなく「俺のほうが上手い」と言って激しいタップを踏むだろう。

氷川はムーラン・ルージュのダンサーに挑戦する気概がない。

「清和くんはどうしている？」

「二代目は麗しのマダムを一心に想いながら奮闘しています。寝ても覚めても二代目の心はマダム色」

踊り疲れたのか、飽きたのか、定かではないが、銀ダラはマントルピースの前でポーズを決めた。おそらく、彼は拍手を待っている。

氷川は拍手の代わりに、最も確かめなくてはならないことを聞いた。

「清和くんはダイアナさんを殺そうとした？」

「マダぁぁぁぁ〜ム、それよ〜う、それ。凄腕ヒットマンを送り込んでもダイアナは始末できない。あの女狐はそんじょそこらの女狐じゃないんだ」

銀ダラは宋一族の楊貴妃の実力をいやというぐらい知っている。全身で畏怖混じりの複雑な鬱憤を漲らせた。

「……なら、昨日、ショウくんたちと聞いたのは偽情報？」

氷川が食い入るような目で尋ねると、銀ダラは大きく頷きながら軽やかなステップを踏んだ。

「昨日、麗しのマダムがトレビアンなハッタリをかましたでしょう。その通りです。おみそれしました」

「犬童くんが言っていたけど、長江組のスパイを泳がせていたとか？」

「犬童は仕事では優秀だけど、まぁ、アムールなお馬鹿です。ポロリと零す情報に何度も助けられました」

鉄壁に見えた九龍の大盗賊にも、小さな穴はあるらしい。ただ、決して侮ってはいけない穴だ。

「犬童くんは宋一族のショウくん？」

「マダム、それは言わぬが花のルイ十六世」

そろそろ出発しましょう、と銀ダラに促されて氷川はエレベーターで地下の駐車場に下りた。そのまま専用の送迎車に乗り込む。

銀ダラはモリエールの言語で声をかけてから発車させた。難なく、朝陽を浴びる眞鍋第二ビルを後にする。

車窓の向こう側、眞鍋組資本の雑居ビルの前でショウと宇治が串に刺した唐揚げを立ち食いしていた。コンビニの前ではメヒカリがホストに混じってコーヒーを飲んでいるが、氷川はあえて指摘しない。

「銀ダラくん、ダイアナさんは無事なんだね？」

氷川が確かめるように聞くと、銀ダラはスピードを上げながら答えた。

「残念ながら無事です。エーゲ海の船上で狙撃されたのは確かですが、掠り傷ひとつ負っていない」

宋一族は世界各国に拠点を置く闇組織だが、氷川は予想だにしていなかった場所に驚愕した。エーゲ海は遠すぎる。

「エーゲ海？　ダイアナさんは海外？」

「ダイアナも長江に狙われている。ほとぼりがさめるまでエーゲ海でバカンス……じゃないだろうな〜っ。あの女狐だからなんらかの目的があってエーゲ海で船遊び中だと思いますが、ピンピンしていますよ」

「ダイアナさんが無事でよかった」

氷川がほっと胸を撫で下ろすと、銀ダラは含みのある声音で言った。

「下はガタガタだから、叩くなら今だと思います」

宋一族がどのような状態か、昨日の犬童たちとのやりとりで伝わってくる。制圧する格好の機会かもしれない。

「絶対に駄目」

恨みを買うだけ、と氷川は全身で力んだ。

「麗しのマダム、心配は無用のノンノンよ。ダイアナの下より眞鍋はガタガタだから叩けない」

眞鍋のボロボロぶりは説明しなくてもわかっているよな、と銀ダラは言外に匂わせている。

「眞鍋のほうがガタガタで危ない？」

よくよく考えてみれば、リキや祐、橘高や安部といった眞鍋の大幹部たちの顔も見ていない。裏社会統一が絡んだ大戦争だったから、終戦の混乱が続いているのだろう。サメ軍団が分裂したダメージも大きいはずだ。何より、未だにサメは復帰できずに潜伏中である。イワシが何度も零した『シャチ復帰説』を熱望せずにはいられない。

「後生だ。マダム、麗しい外見を裏切らない行動をしてくれ」

「要はそれ？」

「今、マダムに暴れられると眞鍋は終わる」

「眞鍋組は終わらせたい」

僕が暴れて眞鍋組が解散するならいくらでも暴れてやる、と氷川は広々とした後部座席で宣言した。

「マダムのエスプリは最高にロックだぜ」

「小耳に挟んだんだけど、EDに脱毛症に黄疸に蕁麻疹で苦しんでいるとか？」

今回、夢想だにしていなかった後遺症に煩悶している男たちがいた。特に昨日、イワシが口にした『ハゲ』は耳にこびりついている。

「その件、その件なんだよ、マダム。今の若い奴らは打たれ弱いな。あれくらいでインポやハゲなんてさ」

銀ダラにとってサメとダイアナの艶事はさしたる問題ではない。たとえ、武闘派ヤクザに扮した姿であっても。

「原因はそれだけじゃないでしょう」

「マダム、それをお言いなさるのですか？」

「サメくんがダイアナさんに夢中になって、清和くんを裏切ってしまった……って、イワシくんやメヒカリくんたちは苦しんでいた。どんな病気も一番の敵はストレスです」

「俺もサメもアンコウも若い奴らに殴られ、蹴られ、噛みつかれ、発砲され……さんざんだったぜ」

銀ダラは並々ならぬ悲哀を漂わせ、諜報部隊のメンバーの爆発を明かした。

サメも銀ダラもアンコウもいっさい打ち合わせをせず、あの時はものの見事に分裂したのだ。銀ダラとともに眞鍋に残るメンバーも、アンコウとともにサメの元に向かうメンバーも辛そうだった。

だからこそ、真実が明かされた後の大噴火。

『サメ、一言ぐらいあってもいいだろーっ』

『銀ダラ、俺たちがどれだけ悩んでいたのか知らないとは言わせないーっ。俺は十円玉ハゲができたーっ』

『アンコウ、どうして教えてくれなかったんだ。俺は百円玉ハゲができたんだぞーっ』

サメ軍団の阿鼻叫喚の嵐は発砲混じりだ。

氷川も耳にしたが、サメや銀ダラたちに綺麗に騙された鬱憤も燻っているという。苦悶しただけに、釈然としない思いがあったのかもしれない。

「僕もすっかり騙された。イワシくんも悔しがっていたよ」

イワシの恨み節はすでに何度も聞いている。騙された自分に対する怒りが大きいように思えた。

「だからさ、何度も言ったけどさ。あの時、バラすわけにはいかなかったのよん。敵を騙すには味方から。これは戦地での鉄則」

銀ダラに良心の呵責はまったくないようだ。

「頼もしい。じゃあ、今も何か騙している？」

裏に何かあるとしか思えない、と氷川は確信していた。

何事もなければ、清和のプライベートフロアである眞鍋第三ビルの最上階に戻っていただろう。週に一度ぐらい愛しい男の寝顔を見ることができたはずだ。

「麗しのマダム、どうして、そんなことを思いつくのかな？」

「何事もなければ、銀ダラくんが僕の送迎係にはならない」

「インポ化とハゲ化を止めたいだけですよ。男にとってインポは死刑宣告を受けたロベスピエール」

「意味がわからない。わざとわからないように言っているでしょう」

ポンポンポンッ、と氷川は責めるように運転席の背もたれを叩いた。男にとってEDがいかなるものか、討論する気にもならない。

「二代目は獅子と共存できないからいずれやり合う。ただ、当分の間、仕掛けない。獅子を止められる唯一の人間のダイアナを狙ったりしない。それだけ覚えておいてください」

「……それをわざわざ言うということは、これからも何かある？」

この先、眞鍋の昇り龍が宋一族の総帥や大幹部を狙撃させたという噂が流れるかもしれない。もっと残虐な噂が舞い込むかもしれない。それでも、動揺するなということか。

「インポとハゲ次第ですね。インポとハゲが進行すると、男としてのプライドを取り戻すため戦争したくなるのが世の理」

「話を逸らすのはやめてほしい」

「ダイアナと魔女は共同戦線を張り、白髪三千丈の漢方医に特製漢方をオーダーしたそうです」

「……漢方？　最新医療じゃなくて？」

ＥＤ治療も脱毛症治療も命に関わらないから、さして研究されていない。ただ、最新医療の分野では進化しているという。漢方より効果があると力説している医師が何人もいた。

「麗しのマダムも漢方は迷信だと思いますか？」

「……っと、誤魔化されないよ」

「健康のために命を賭けているマダムなら、薬膳料理に凝ると睨んでいます。興味があるんでしょう？」

「血流をよくするため、効果的な薬膳料理があると聞いています。地鶏を骨付きのままスープにして……違う、無駄だ。僕はもう誤魔化されない」

そうこうしているうちに、歴戦の兵士がハンドルを操る車は勤務先の病院が建つ小高い丘を上る。豊かな緑に囲まれた空き地で、氷川は礼を言いながら車から下りた。これから内科医としての一日が始まる。

明和病院ではいつもと同じ光景が繰り返された。医局や食堂、売店も普段となんら変わらない。

ただ、午後の診察の受付が終了し、外来患者もまばらになってきた頃、内科外来の女性看護師たちは異様なくらい浮ついていた。

『見たわ。見たわよ。人間じゃないわ』

『私もチラリと見かけましたがびっくりしました。人間離れしたモデルか、俳優かしら？』

『顔の小ささと足の長さにも感激したわ。周りにいた女性たちの顔のほうが大きいの』

女性看護師や女性患者の会話から、絶世の美男子が外来病棟に出没したとわかる。どうやら、日本人ではないらしい。まるで、ロシアン・マフィアのイジオットの次期ボス最有力候補が乗り込んできた時のようなムードだ。どんな女性でもロマノフ朝末裔の皇太子を見た瞬間、心を騒がせる。彼は美の女神が情熱を注いで作り上げた傑作だ。

……まさか、ウラジーミルが来たのか、と氷川諒一にいやな予感が走った。

イジオットの冬将軍ならば、診察室でマシンガンを構えるかもしれない。

壁の向こう側から担当看護師たちのはしゃぎ声が聞こえてきた。隣の診察室でも女性内科医相手に女性患者が興奮気味に絶世の美男子について語っている。

……やっぱり、ウラジーミル？

……ウラジーミルだったら、院内にいるイワシくんたちが止めてくれる。

誰も止められなかったのかな？

ウラジーミルの目的は藤堂さんのはずだけど、藤堂さんがまた何か誤魔化してこちらに来させたのかな？

サメくんがいない隙を狙って攻めてきた？

関西の長江組が海外勢力進出の抑止力になっているって聞いたことがあるけど、長江組が弱くなっているから今？

イジオットは日本制圧を諦めていない、と氷川は背筋を凍らせながら最後の外来患者の診察を終えた。

そうして、診察室から出て、医局に向かおうとした矢先、氷川の目の前に噂の主が登場した。

「氷川先生、お久しぶりです」

殺風景な院内を変えたのは、金髪碧眼の美青年ではなく薄茶色の髪と瞳の美青年だった。西洋人ではないが、東洋人でもない。東と西の美をこのうえなく美麗に融合させた芸術品だ。

「……き、君……」

「田中憲和です」

絶世の美青年は朗々と響く声で名乗ったが、確かめなくても偽名だとわかる。ロシアン・マフィアよりタチの悪い九龍の大盗賊だ。それも激しさでは眞鍋組二代目組長を凌ぐとも囁かれている総帥の獅童である。

「……どうされました？」

氷川は冷静に内科医として対峙した。

「EDだ」

一瞬、何を言ったのか理解できず、氷川は胡乱な目で聞き返した。

「……は、はい？」

「勃ちません」

獅子王の言葉を嚙み締めた瞬間、氷川の脳裏に小児科病棟の大型スクリーンで流されていた古いアニメが浮かんだ。健気（けなげ）な少女が主人公で、幼い入院患者だけでなく保護者やスタッフにも評判がいい。日本人観光客がスイスのアルプスに押し寄せる原因になった名作中の名作だ。

「……クララはまだ立ちませんか？」

「……クララ？」

美の女神の最高傑作が無残にも崩れたが、氷川は構わずに続けた。

「クララはビタミンD欠乏症でしょう。そろそろ、歩けるようになるはずです」

「……もしかして、アルプスのなんとか……アルプスの少女か？」

「ビタミンDを摂取し、太陽光を浴びましょう。クララは立ちます」

氷川が真剣な顔で断言すると、宋一族の帝王は忌々しそうに手を振った。

「そっちじゃない。ＥＤだ」

「ハイジもクララも少女です」

「誰もハイジやクララの話をしていねぇ。俺がＥＤだ」

バンッ、と傲慢（ごうまん）な帝王に壁を叩かれ、氷川はようやく把握した。

「……専門医の診察を受けてください」

獅子王が本当にＥＤなのか、そうでないのか、定かではない。ただ、本気で悩んでいるとは思えなかった。

「ありとあらゆる専門医の診察を受けた後だ。助けてくれ」

「専門外です」

宋一族は眞鍋組二代目姐が内科医であることは知っている。眞鍋が驚愕するほどの二代目姐の情報が握られていたという。今回、共闘したことにより、サメは今まで踏み込めなかった宋一族の奥に触れることができたらしい。怪我の功名、とイワシが十日前に誘導尋問により漏らした。

「姐さんしか治せないと思う」

「僕には無理です」

「そちらも大勢、EDで苦しんでいるぜ」

獅子王は声を潜め、煽るように言った。

「そうですか」

氷川がさりげなく歩きだすと、獅子王も当然のようについてきた。

「二代目は無事か？」

「清和くんは忙しくて……」

「二代目もEDじゃないのか？」

耳元で意味深に囁かれ、氷川から内科医の仮面が外れた。

「清和くんがED？」

「以前、姐さんに噛まれた後、しばらくの間、不能だったという情報を摑んでいる。姐さん、今回も噛んだのか？」

「……え？」

……あ、あれから噛んでいない……噛んでいないけど……夢の中では噛んだかも……あ、あれ……夢で信司くんや夏目くんたちと一緒に試作品のソーセージを囓った時に生々しくてびっくりした……あれは夢じゃなくて現実だったのかな、僕が気づかないだけで清和くんは帰っていた、と氷川の思考回路が斜め上に飛んだ挙げ句、逆回転した。

「噛んだのか？」

「わからない。僕は噛んでいないけど、ほかの誰かに噛まれたとか？　……あ、まさか、例の罰ゲームでサメくんに意地悪された？」

祐とサメの間ではホストクラブ・ジュリアスのオーナーの立ち会いの下、とんでもない罰ゲーム付きの賭けが行われていた。勝利者はオーナーの意見を重視した魔女だ。サメは罰ゲームをする気満々らしい。『二代目、チ○コを洗って待っていろ』と。

「姐さん以外に誰も噛めないだろ。俺は噛まれていないが、ダイアナが汚ぇオヤジとヤっているのを見てからピクリともしなくなった」

「医者の僕が言うのもなんだけど、まだ若いから……あ、君は獅子じゃなくて狼くん？」

氷川は目の前に立つ男が本物の宋一族の総帥でないことに気づいた。眞鍋組では獅童の影武者をふたり、摑んでいる。遠目でも面識があるのは狼童という影武者だ。

「わかるんだ。噂通り、すごい」

　狼童は称えるように唇を寄せたが、氷川の楚々とした美貌は引き攣った。

「狼童くんがどうしてこんなところに？」

「俺たちの後遺症がひどい。助けてくれ」

　狼童に嘘をついている気配はないが、宋一族の主要メンバーだけに信じてはいけない。特に狼童は宋王朝の趙一族の血を受け継ぎ、幼少の頃から獅童の影武者として仕込まれた曲者だ。ほかの影武者と違って、清和と互角に戦えるほどの腕も持つ。

「僕にはどうすることもできません」

「俺たちに蔓延するEDと黄疸と蕁麻疹は姐さんの呪いだろう」

　昨日も宋一族のメンバーに呪詛の疑惑をかけられた。今日は総帥の影武者だ。氷川は馬鹿馬鹿しくてたまらない。

「僕にそんな呪う力があったら、眞鍋組を眞鍋寺か眞鍋食品会社にしています。宋一族は中国雑技団じゃなくて宋雑技団です」

　氷川が険しい顔つきで言い切ると、狼童は楽しそうに頬を緩めた。

「すげぇ、説得力がある」

「EDに黄疸に蕁麻疹……ストレスでしょう」

「あいつらの濡れ場を見た奴らは、ＥＤか黄疸か蕁麻疹に苦しんでいる。あの日、姐さんが殴り込んできた時、居合わせた奴は黄疸と蕁麻疹の確率が高い」

「君、その姿でここに乗り込んできて、誰かを揺さぶっているつもりなら逆効果です。もう早くお帰りなさい」

氷川は出入り口を指で差してから、人気のない廊下を進んだ。

前方から外来患者に扮したイワシが近づいてくるし、面会室から出てきたのは総務部のスタッフに変装したシマアジだ。諜報部隊の男たちは狼童の出方を見ている。あの様子だと院内には宋一族のメンバーがほかにもいるのだろう。

「ＥＤは事実だ。どうしたら勃つ？」

狼童に真摯な目で問われ、氷川は頬を引き攣らせた。

「ダイアナさんに相談してください。いい漢方薬があるかもしれません」

「……漢方薬？」

「漢方を迷信だと一蹴する医師はいるけれど、僕はすべてがすべてそうだとは思いません。最新医療も試してみる価値はあるかもしれない」

「日本人形みたいなツラして食えねぇ奴だな」

「余計なことだと思いますが、トップに扮装している時にそういう物言いはどうかと思います」

氷川が呆れ顔で言うと、狼童は喉の奥だけで楽しそうに笑った。

「トップはこれよりひどい。知らないのか？」

「清和くんと共存も共闘もできないお子様だとは知っています。だから、もうこのままおとなしくお帰りなさい」

宋一族の若き首領のデータに目を通し、どんな手を使ってでも愛しい男と戦わせたくないと思った。

「裏社会のボスの座を蹴り飛ばした酬いはこれからだ」

愚かにもほどがある、と狼童のブランデーを垂らしたような目は雄弁に詰っている。心底から呆れているらしい。

「僕にそんな脅しは利きません」

「脅しじゃないぜ」

宋一族は眞鍋の昇り龍が裏社会を統一するという前提で協力した。今回の大戦争では夥しい血も流している。

「君、本当にＥＤで悩んでいるのなら、こんなところで時間を費やしている場合ではありません」

「眞鍋の昇り龍はＥＤだな？」

「眞鍋のことより、自分のことです。べつの専門医に相談してください」

イワシとシマアジが威嚇するように氷川の左右に立つと、狼童は軽く笑いながら距離を取った。さすがに病院内で派手に争うつもりはないらしい。現れた時と同じように何気なく去っていった。

「イワシくん、清和くんはEDなの？」

氷川がくぐもった声で尋ねると、イワシは沈痛な面持ちで答えた。

「……氷川先生、ご帰宅されてから」

「そうだね」

氷川は内科医の顔を取り戻し、夕方の病棟回診をすませた。入院を渋っていた老齢の患者が機嫌良く過ごしていたから安堵の息を漏らす。ロッカールームでは逸る気持ちを抑えながら白衣を脱いだ。

3

狼童が接触した時点で動いたのかもしれないが、氷川が待ち合わせの場所に行くと、すでに黒塗りの専用送迎車が叢の中に停まっていた。イワシやシマアジのほか、祐もいるが入院患者より顔色が悪い。

「祐くん、入院手続きを取ります」

氷川が医師としての使命でジャッジすると、祐は潤いのない手を左右に振った。

「姐さん、ご心配は無用に願います」

「ドクターストップ」

氷川は祐の筋肉が感じられない腕を掴み、緊急外来に進もうとした。この際、腕尽くでも強情な策士に点滴を打ちたい。

「まず、二代目のＥＤ治療についてお話ししたい」

宋一族関係者から聞くＥＤ話と眞鍋の参謀から聞くＥＤ話では重みが違う。さすがに、氷川は動転してしまった。

「……せ、清和くんがＥＤ？」

……まさか、まさか、と氷川の胸中は大嵐に襲われた。バイアグラから厚労省で認められていない海外の医薬品までいっせいに頭を過る。

「お乗りください」

祐に鬼気迫る迫力で促され、氷川は後部座席に乗り込んだ。隣に祐が腰を下ろし、助手席にはシマアジが座る。

「出します」

イワシは運転席で一声かけてからアクセルを踏んだ。なんのトラブルもなく、夜色に染まった車道を走りだす。

「祐くん、清和くんはED？　EDなの？」

氷川が裏返った声で尋ねると、祐は艶然と微笑んだ。

「姐さん、二代目がEDだと辛いですか？」

「僕は清和くんがEDでも構わない」

「即答ですね」

「浮気の心配がなくなるから、いいかもしれない」

清和に深く愛されている自信はあるが、数多の女性を魅了するだけに安心できない。日々、医師たちによる女性談義や浮気の狡猾な手口を聞いているからなおさらだ。

「姐さんらしくて安心しました」

「祐くんらしくもない嫌み」

「眞鍋に蔓延するEDとハゲと蕁麻疹にお手上げ状態です」

祐の嘆息にはいつになく哀愁が漂っていた。鬼畜の極みと批判された眞鍋の昇り龍が統べる組織は、未曾有の大苦戦を強いられているらしい。

「……あ、それは事実だった？」

「宋一族はEDと蕁麻疹と黄疸に参っているそうです」

世界的な大組織も前代未聞の強敵に困惑しているようだ。今まで見聞きした宋一族のメンバーの苦悩は嘘ではないらしい。

「それも事実だったのか」

「情けない」

「……あ、ダイアナさんとサメくんが原因とか？」

「原因は明確ですが、問題はそれではありません。要は日常の仕事において使えるか、使えないか、です」

眞鍋の参謀にしてみれば兵隊の男性機能がどうであれ、髪の毛がどうであれ、一向に構わないのだ。命令を遂行できるならば。

「……働けなくなっているとか？　……蕁麻疹はともかくEDや脱毛症で仕事に支障はきたさないでしょう」

「EDは男の沽券に関わるそうです。馬鹿らしい」

「……専門医に診てもらったほうがいい……あ、綾小路先生は泌尿器科医だ」

氷川の眼底にメイド姿の闇医者が過った。おそらく、清水谷系明和病院勤務の内科医より詳しいはずだ。

「姐さんの眞鍋寺熱が恐くて、ハゲがますます進行しているそうです。ハゲは姐さんのお気持ちで食い止められると思います」

「脱毛症は止めなくてもいい」

氷川が白い頰を紅潮させて力むと、運転席と助手席から猛禽類の断末魔の呻きが漏れる。祐は地蔵菩薩のように微笑んだ。

「断言しましたね」

「眞鍋組を眞鍋寺にしたい」

「眞鍋組を眞鍋寺にしたら、蕁麻疹患者が増えるだけでしょう」

「明和の皮膚科医は名医です。紹介しますから安心してほしい……あ、そういえば、サメくんのインドカレー熱でインドカレーを食べていたはず」

眞鍋の男たちも諜報部隊のメンバーたちも、本格的なインド料理が好きだという。特にナッツや強いスパイスを駆使した北インド料理が好みだ。勤務先との往来の車中、幾度となくインドカレーの話題が上がった。

「それがどうしました？」

「スパイスは蕁麻疹を誘発します」

氷川が医師の顔で言うと、祐はシニカルに口元を緩めた。

「ダイアナもそのようなことを言ってスパイス料理を禁止したそうです。それでも、改善は見られないとか」

「宋一族も大変なんだ」

「狼童が姐さんに接触するあたり、宋一族も揺れているのでしょう。イジオットにロンドン支部が侵食されているようですから」

魔女はなんでもないことのように明かしたが、氷川は驚愕で目を瞠った。群雄割拠の戦国時代に等しいのか、熾烈を極めた数年前の教授戦以上か、ほんの少しの間に闇組織の情勢は変わっている。

「……ロシアン・マフィアのイジオット？」

「うちとしてはイジオットと宋一族にやり合ってほしい。説明しなくてもわかりますね？」

イジオットと宋一族が大戦争を繰り広げ、共倒れしたら最高だ。眞鍋にしてみれば、双方、弱体化するだけでもいい。

「……それはわかるけど」

「イジオットが長江と手を組んだら困るのもわかりますよね？」

一瞬、魔女の思惑を含んだ嘘だと思った。けれども、運転席や助手席の男たちの様子から察するに嘘ではない。

「……え？　イジオットと長江が？」

氷川は懸命に妄想力を発揮させたが、イジオットと長江に友好関係が築けるとは思えなかった。イジオットも長江組も尋常ならざる組織だ。イジオットにはロマノフ魂が脈々と受け継がれているし、長江には長江極道魂が息づいている。

「イジオットに長江と共存する気はありません。日本を支配するため、長江を使うつもりでしょう」

イジオットが用済みになった長江組を殲滅させることはわかりきっている。ロシアン・マフィアは容赦がない。

「……そんな……」

「今回の戦争で長江の弱体化が著しい。長江もイジオットの後ろ楯がほしくなったと推測できます。長江の若頭……新しい若頭がイジオットに食い込まれたようです」

関西を拠点にした長江組は裏社会の一本化を計画していた暴力団だった。その脅威は大きく、眞鍋組は何度も窮地に立たされたものだ。

「長江もイジオットがどれだけ恐ろしい組織か知っているでしょう」

「姐さんより大原組長や幹部はイジオットの危険性を熟知しています。それ以上に危なくなっている……一歩間違えれば、内部崩壊しかねない」

「長江組は元通りになったのでしょう？」

眞鍋組は二代目組長が消えたら崩れると断言されたが、長江組の層は厚く、たとえ組長や大幹部が亡くなっても崩壊しないという。各地に点在する二次団体や三次団体の勢力も絶大だ。

「サメとダイアナが一徹長江会として派手に長江組を叩きました。資金源も潰しています。大原組長の求心力で保っていますが、武闘派幹部が出所したらまた分裂するかもしれない」

「……ま、また分裂？」

長江組が再び分裂したらどうなるのか、氷川は想像すらできない。そもそも、長江組にとって分裂は戦争だ。

「大原組長も表向きは人身売買や覚醒剤を禁止していますが、長江の資金源の大半は人身売買と薬です。今回の戦争で台所が苦しくなった二次団体や三次団体が、人身売買と覚醒剤容認の若頭補佐に靡きだしました」

清和が裏社会統一を掲げた理由は、人身売買と覚醒剤の禁止だった。大半の極道も表向きは禁じている。

「長江組の若頭補佐って……何人もいたよね？」

氷川の脳裏には大企業となんら変わらない長江組の組織図が浮かぶ。組長と若頭はひとりだが、若頭補佐は何人もいたはずだ。いい極道が多すぎてまとまらない、といった類いの愚痴を大原組長は零していた。

「はい。二代目が毛嫌いするタイプの若頭補佐です」

よりによって、と祐は懊悩に満ちた顔でこめかみを揉んだ。

「……抗争は駄目」

「眞鍋と友好関係にあるベトナム・マフィアは長江と揉めています。援助を求められたら、二代目は断らないでしょう」

清和を尊敬しているというベトナム・マフィアのダーの幹部は記憶に新しい。氷川の耳にその声は今でも残っている。

「絶対に駄目」

氷川が意志の強い目で断言した時、イワシはブレーキを踏んだ。シマアジが助手席から下り、後部座席のドアを開ける。

「……では、姐さんの健闘を祈ります」

祐にスマートに促されて、氷川は後部座席から下りた。

「祐くん、ちゃんと説明してほしい」

「一晩かけ、二代目のEDを治癒させてください」

氷川は会話に夢中で、どこをどう走っているのか意識を向けなかった。記憶が正しければ、初めて訪れる街角だ。

「……ここは？」

ベトナム料理店や定食屋、バインミー専門店にフォー専門店にチェー専門店、マッサージ店など、エキゾチックな界隈(かいわい)にはベトナムの国旗が目立つ。雑貨店には編み笠(あがさ)や精巧なビーズ細工が美しい靴、色鮮やかなアオザイが何着も飾られていた。フランスの植民地時代の名残か、フランス料理店やフランス菓子店も点在している。男性向けの店の前ではアオザイ姿の若い女性が愛嬌(あいきょう)を振りまいていた。

「ベトナム・マフィアのダーのシマです」

祐が凄艶(せいえん)に微笑んだ時、南国の花が飾られたダンスホールやキャバクラ、パブからベトナムの民族衣装(いしょう)に身を包んだ男女が何人も出てきた。いっせいに氷川に向かって恭しく挨拶(あいさつ)をする。まるで王侯貴族の出迎えだ。

「……あ、清和くんに大ボスを迫ったホアンくんがいるダー？」

「姐さん、素晴らしい記憶力です」

「……ここ、ここはいかがわしいお店？」

ダンスホールという看板が出ているが、淫猥(いんわい)なムードから察するに健全なダンスホールではないだろう。わらわらと店内から出てきた美女たちのグラマラスな肢体を覆う布の面積は小さい。

「ダンサーにチップを払えば特別デートができる店です」

「それって……」

氷川の言葉を遮るように、祐は嗄れた声で言った。

「姐さん、目を瞑ってください」

「ここに清和くんがいるの？」

どうしてこんなところに僕の大事な子がいるの、と氷川の心の中は灼熱のマグマで燃え滾った。

「はい」

「何をしているの？」

「ＥＤ治療です」

「……っ……ＥＤ治療？　僕に隠れてＥＤ治療？」

白髪混じりのベトナム人男性に促され、氷川は祐とともにダンスホールに進んだ。もっとも、一般客用の出入り口ではなくＶＩＰ専用の扉を通る。一歩足を踏み入れた途端、ホーチミンの夜に包まれた。

「……あ、ベトナムみたいな……行ったことはないけれど……」

「俺もベトナムに行ったことはありません」

出入り口からは想像できないぐらい店内は広く、ライトに照らされたステージではベトナム美女たちが打楽器や太鼓、ダン・バウの演奏に合わせてノンラー踊りを披露していた。VIP席に元外務大臣や元文部科学大臣を見つけ、氷川は声を上げそうになったがすんでのところで押し留める。よくよく見れば、テレビで頻繁に見かける辛口のコメンテーターや政治評論家もいた。どの男性客も左右にベトナム美女を侍らせて悦に入っている。

著名なボランティア団体代表が妙齢の女性スタッフに耳打ちすると、ステージの右端で踊っていたベトナム美女が軽やかに下りてきた。そのままボランティア団体代表にしなだれかかる。おそらく、多額のチップで指名したのだろう。

「こんなところで清和くんはED治療？」

……ここはあれ、ここはお金で女性を自由にできるところ、と氷川は胸中で呟きながら周囲を注意深く見回した。

辛口のコメンテーターはスレンダーな美女の肩を抱くと、VIP席から金の扉の奥に進んだ。金の扉の向こう側で何が行われるのか、世間に疎い氷川にもわかる。

「はい、ED治療です」

「どうして、僕に相談しない？」

「姐さん、ご亭主殿のED治療をお願いします」

祐の視線の先、すべてを圧倒する美丈夫が大勢の若い美女に囲まれていた。はちきれん

ばかりのバストの持ち主は清和の指を舐めている。

　氷川の頭にベトナム製の十字架が突き刺さった。

「……せ、清和くん、ＥＤのくせに何をしているのーっ」

　眞鍋組二代目姐が投下した爆弾により、ベトナム・ハーレムは静まり返った。氷川の背後に控えていたイワシやシマアジ、ベトナムの民族衣装姿の男性スタッフは埴輪色の顔で硬直する。

　もっともすぐに、微妙な静寂をグラマラスな美女たちが破った。

「……あ、男装の麗人……違うネ、眞鍋の男の姐サン？」

「……あ〜っ、ホアンが褒めちぎっていたように肌が真っ白で綺麗ネ。女神サマみたい」

「清和クン、あたしたちがこんなにサービスしても落ちない理由がわかったわ。インポだったのネ」

「眞鍋の清和クンもリキクンもインポなのネ。インポじゃ、どんなに頑張っても無駄だわ。あたしの魅力不足じゃないネ」

「元気なショウクンを連れてきてくれたらいいのに〜っ。元紀クンなんてすごいのヨ〜っ」

「京介クンだったらすっごくすっごく嬉しいネ〜っ」

ベトナム・ハーレムの美女たちは納得したように頷き合っているが、イワシやシマアジ、男性スタッフたちの飛んだ魂はフエのミンマン帝陵に潜った。

「清和くん、どういうこと？」

氷川はズカズカとＶＩＰ席に乗り込み、年下の亭主を睨み据えた。周りの視線はいっさい気にしない。もっと言えば、気にできない。

「…………」

「正直に言いなさい。怒らないから」

清和は仏頂面で氷川の肩を抱くと、奥の部屋にのっそりと進んだ。祐やイワシ、シマアジ、民族衣装姿のスタッフは続かない。

バタン、と扉の開閉する音。

高級ホテルのスイートルームのようなムードだが、ベトナム家具で統一された部屋の中央には、天蓋付きの大きなベッドがあった。いたるところに南国の花が飾られているが、なんのための部屋か、尋ねなくてもわかるだけに氷川の神経はささくれる。

「清和くん、帰ってこないと思ったらベトナムの綺麗な女の子と遊んでいたの？」

壁に飾られた南国の花々のリースを凝視して心を鎮めようとした。……が、鮮やかな花がベトナム美女に重なる。

「…………」

どうして連れてきた、と清和の顰めっ面から疲労困憊の参謀に対する怒りがありありと見えてくる。

しばらく会わなくても、氷川は愛しい男の心の内をなんとなく読み取ることができた。伊達にオムツは替えていない。

「祐くんに怒っている場合じゃないでしょう」

「…………」

「何か言って」

氷川は般若の如き形相で、清和のスーツの襟元を思い切り摑んだ。ブリオーニのスーツの値段は考えない。

「落ち着け」

清和が低い声でボソリと零した言葉に、氷川の美貌の般若化が増した。今にも生卵と生きた蛙を飲み込みそうな迫力だ。

「僕は落ち着いている」

「…………」

「眞鍋はEDと脱毛症と蕁麻疹に苦しんでいるって聞いた。清和くんはEDで苦しんでいるの？　どうして僕に相談しない？」

それは僕のものでしょう、と氷川は清和の股間に視線を落とした。ベトナム美女に譲る気は毛頭ない。

「……違う」

「何が、違うの？　清和くんがEDになっても僕は構わない。けど、清和くんがED治療に頑張るならいくらでも協力する。僕は医者だよ。信じて」

「誤解だ」

「何が、誤解？　この店にはいいED治療薬があるの？　世の中にはエビデンスのないED治療薬が氾濫しているから注意が必要だよ。まずは正しい情報を収集しよう」

ネットで流通しているED治療薬に手を出し、内臓を壊した患者を何人も診た。自費診療の専門医を信じて通院し、身体を壊した患者も少なくない。デリケートな問題だけに周囲に相談できず、悪化してしまうケースが多いようだ。

「頼むから、落ち着け」

「タウリンを摂るため、牡蠣をたくさん食べたぐらいでEDは治らないからね。ウナギもたいしたことないよ」

AV男優やAV監督が精力増大のため、食事に気をつけているという。二十代のED患者が見習ったが改善せず、ひどく落ち込み、精神的に病んでしまったケースも報告された。

「……おい」

「清和くんのEDは僕に任せてーっ」

氷川が感情を大爆発させると、清和は苦虫を嚙み潰したような顔で腕力を行使した。氷川を荷物のように抱き上げ、天蓋付きの大きなベッドに沈める。

「落ち着いてくれ」

「……僕は落ち着いている。ベッドでは靴を脱ごうね」

氷川はふかふかのベッドで体勢を立て直してから自分の靴を脱いだ。ベッドの下にきちんと揃える。

「……………」

清和は並べられた靴を横目で見たが、だいぶ驚いているようだ。最愛の姉さん女房に対する複雑な心情が漏れた。

「清和くんもいい子だから靴は脱ごう。諒兄ちゃんが脱がせてあげるからじっとしてね」

氷川は遠い日の顔で、清和の靴を脱がした。ベビー服に包まれていた頃のように足をバタバタさせなくなったから楽だ。蹴り飛ばされる心配はない。

「……………」

「清和くん、いい子だね。いい子だから、よく聞いてね」

いい子いい子、と氷川は優しく不夜城の覇者の頭を撫でた。ふたりきりになれば可愛さが込み上げてくる。

「……………」

「清和くんのＥＤはストレスが原因だと思うけど、サメくんは裏切っていなかったし、元気で踊っているし、踊り飽きたら戻ってきてくれるだろうし、橘高さんや安部さんも無事だったし、シャチくんもどこかでサポートしてくれていると思うし、イジオットは藤堂さんがなんとかしてくれると思うし、長江は大原組長がなんとかしてくれると思うし、宋一族はダイアナさんがなんとかしてくれるだろうし、関東一円は竜仁会の会長がなんとかしてくれると思うし、大丈夫でしょう。そんなに思い詰めなくてもいいよ。ＥＤは命に関わらないし、性欲に惑わされることなく清らかに生きることができると思うから、思う存分、一緒に清らかに生きよう」

氷川は自分では理路整然と語ったつもりだった。それなのに、最後は自分でも何を捲し立てたのかわからなくなっていた。

「…………」

不夜城の覇者は途中で理解することを断念したフシがある。

「僕が治してあげるから任せてね」

氷川は凛々しく整った顔を凝視してから股間に視線を落とした。大事な患部は黒いブリオーニのズボンに包まれている。

「…………」

「いつからＥＤなのかな？」

恥ずかしがらずに教えて、と氷川は可愛い亭主の股間にそっと触れた。

が、想定外の感触に驚いた。

「……あれ？」

……硬い？

どうして、と氷川は確かめるように布越しに揉んだ。専門外だから自信はないが、どう考えてもＥＤ患者の男性器ではない。

「…………」

「清和くん、何か入れているの？」

「…………」

「……ま、まさか、拳銃とか、ナイフとか、そういう危ないのを入れているの？　こんなところに？」

「…………」

俺はＥＤじゃない、と清和の鋭い双眸が馬鹿らしそうに告げている。祐への鬱憤も発散された。

「……え？　ＥＤじゃないの？」

氷川は清和の顔と股間を交互に見ながら、ズボンのベルトを外した。手早く、ファスナーも下ろす。

「…………」

ズボンの前を開き、雄々しく力を持った男性器を取りだす。氷川は両手で念入りに確認した。これでEDならば、地球上に生息するすべてのオスはEDだ。

「……あ、クララが立った……クララじゃないけど、清和くんが元気になった？　治ったの？」

「…………」

氷川は清和の無表情から真実を読み取った。十歳年下の亭主はEDに悩まされてはいなかったのだ。

ぎゅっ、と氷川は愛しい男の男根を握ったまま声を上げた。

「……え？　元々、EDじゃなかったの？」

「……あぁ」

「祐くんが誤解していたの？」

こんなに元気なのに、と氷川は手にした清和の分身を見つめる。以前、見た時となんら遜色(そんしょく)ないような気がした。

「誤解していない」

清和は吐き捨てるように言って、スマートな策士に対する怒気を隠そうともしない。よくも、という怒りが強いようだ。

「祐くんの嘘？」

氷川が確認するように聞くと、清和は忌々しそうに肯定した。

「あぁ」

「どうして、祐くんはそんな嘘をついたの？」

氷川が素朴な疑問を投げかけると、眞鍋の昇り龍は無言で視線を逸らした。身に纏う空気がやけに尖る。

「……もしかして、僕をここに連れてくるため？　……あ、祐くんだって僕をここに連れてきたくなかったけど、トラブルがあって連れてきたの？」

こういったことは今回が初めてではない。止めるに止められない苛烈な極道を宥めるため、氷川は幾度となく呼ばれたのだ。灼熱色に染まった昇り龍は眞鍋の特攻隊長に匹敵する鉄砲玉だとも。

「………」

「清和くん、何があったの？」

氷川は分身を握ったまま、愛しい男の顔をまじまじと覗き込んだ。顔色は変わらないが、内心では焦っているはずだ。

「関わるな」

聞き飽きたセリフはモンスター患者のクレームのように受け流すに限る。

「眞鍋と宋一族のEDや脱毛症や蕁麻疹や黄疸の問題じゃなくて、イジオットと長江組のこと？」

　つい先ほど、祐から想定外の話を聞いたばかりだ。イジオットと長江組が共闘した場合、日本崩壊のカウントダウンが始まってしまう。

「…………」

「祐くんが僕を連れてきた理由……何かしようとしている清和くんを止めてほしいんだよね？」

　氷川が甘い声で囁くように言うと、清和の精悍な眉が顰められた。

「…………」

「清和くん、何をしようとしているの？」

　氷川にいやな予感が走った。

「…………」

「まさか、裏社会の大ボスに関係すること？」

　サメを筆頭に諜報部隊のメンバーや宋一族のメンバーなど、誰もがあのチャンスを逃したら二度目はないと口を揃えた。目前に迫った玉座を蹴る清和が愚かだ、とも。

「…………」

「……あ、そういえば、狼童くんが言っていた。裏社会のボスの座を蹴り飛ばした弊害が出るとか……」

狼童はただ単に呪(のろ)い云々(うんぬん)の文句で勤務先に乗り込んできたわけではないだろう。確固たる目的があったはずだ。

「考えるな」

当然、清和は恋女房の職場に宋一族総帥の影武者が乗り込んだ報告を受けている。報復したいが、できなかったジレンマが伝わってきた。

「裏社会の大ボスを蹴り飛ばした弊害で大変なの？」

不夜城の覇者の顔に感情は出ないが、氷川には手に取るようにわかった。どうやら、覚悟していたらしい。けれど、想像以上の弊害があったようだ。そこまではわかったが、肝心の弊害の内容まで感じ取ることができない。

「……大変なんだね？　何がどう大変なの？　諒兄ちゃんがなんとかしてあげるから教えて」

「…………」

清和の強靱(きょうじん)な腕によって、氷川の身体はシーツの波間に埋(うず)められた。押さえ込むように、体重を乗せてくる。

「……あ、何をするの？」

「…………」

清和の口は開かないが、猛々しい分身は如実に欲望を語っている。煽ったのはそっちだ、と。

「誤魔化す気？」

氷川は毅然とした態度で言ったつもりだが、白い頬は薔薇色に染まり、みっともないぐらい声は上ずっていた。

「…………」

重なっている身体の熱が増したような気がする。若いオスの肉体はつがいのちょっとしたことだけでも反応してしまうらしい。

「祐くんを強制入院させたくなるぐらいの問題が起こっているんでしょう……あ、駄目……こんなことで誤魔化されない」

清和の大きな手があらぬところに伸びてきたから、氷川は慌てて身を捻った。ペチッ、と削げた頬を叩く。

「…………」

「……あ、清和くんも疲れているの？」

氷川は全身で若い亭主が求めていることに気づいた。普段、圧倒的に負担の大きい氷川の身体を配慮しているからよっぽどだ。

「…………」

いう生き物だ。

「疲れているのに、元気なんだ」

愛しい男の分身はさらに膨張し、鎮まる気配は微塵もない。生命力溢れる若い男はこういう生き物だ。

「…………」

「さっきの女の子たちと何かした？」

氷川が確かめるように聞くと、清和はボソリと答えた。

「何もない」

「あの子たち、清和くんのことをEDだって納得していたね」

ふふふふっ、と氷川から自然な笑みが漏れてしまう。このまま愛しい男の男性機能に関する偽情報が広まってほしいと思ってしまった。

「…………」

「若くて綺麗な女の子に囲まれても、EDに間違えられるぐらい我慢していた？」

「…………」

「僕だけ、って誓ってくれたよね」

氷川の心には口下手な亭主の愛の言葉が深く刻まれている。偽りではないと信じているけれども。

「ああ」

「この先もずっと?」

氷川には十歳年下の幼馴染みだけだ。背中に極彩色の刺青を彫っていても、その手を血で染めても、誰に何を言われても愛しさは揺るがない。

それどころか、日々募るばかり。

「ああ」

「忘れちゃ駄目だよ」

忘れさせたくない、と氷川は愛しい男の頬に唇を寄せた。氷のように冷たく見える唇にもそっと触れる。

「ああ」

「……清和くん……清和くんも僕に会いたかったの?」

日々、送迎担当者に無事を確認していたが、心配でたまらなかった。刺されても、狙撃されても、箝口令が敷かれていたら耳に届かないことは明白だ。

「ああ」

「どうして、会いに来なかった?」

文句を言う気はなかったが、唇が自然に動いていた。命より大切な男を前にしたら、年上のプライドも理性も霧散する。

「………」

「真夜中でも抱きに来ればいいでしょう」

眞鍋を取り巻く情勢を察するに、清和が不夜城を拠点に動いていることは感じていた。立ち寄るチャンスは何度もあったはずだ。それこそ、深夜、寝顔でも覗(のぞ)きに来てくれたらよかった。

「…………」

あいつらが、と清和の胸奥を読み取ることができた。けれど、氷川は信じられず、読み取り間違いだと思ってしまった。

「……ま、まさか、ED患者……患者じゃなくて、EDの方たちに気兼ねして僕に会わなかった？　違うよね？」

眞鍋の昇り龍に忠誠を誓った男たちの間でそんなにEDが深刻なのか。未曾有のED禍なのか。

「…………」

氷川は年下の亭主の顰めっ面から、眞鍋に蔓延する無声慟哭(どうこく)を感じ取る。今回の大戦争において勝利者はいない。

「僕に会ったら抱きたくなるから？」

氷川は清和がふたりの部屋に帰ってこない理由に辿(たど)り着(つ)いて愕然(がくぜん)とした。百年の恋も冷めるような顔を晒(さら)してしまう。

「………」

若いオスは最愛のメスを見れば自身の欲望をコントロールできない。清和にできる対策は最愛の恋女房を見ないこと。

「……そ、そんな理由で？」

「………」

「EDの方たちはかえって心苦しいと思う」

氷川がズバリ指摘すると、清和の背後に苦海で溺れる兵隊が団体で出現した。……ような気がした。

「………」

「……え？　……メヒカリくんやシマアジくん……イワシくんまでEDなの？　……え、ハマチくんやワカサギくんもタチウオさんもサザエさんも……え……卓くんや吾郎くんや宇治くんも……？」

嘘だと思いたいが、身体を密着させている男から伝わってくる。だからこそ、眞鍋の昇り龍は参っていたのだ。

「………」

長江と戦争しているほうがマシ、と眞鍋組二代目組長から本心が漏れる。おそらく、眞鍋の兵隊も同じ心情だ。

「……み、みんな、若いから大丈夫だと思う。そんなに心配しないで」

氷川は宥めるように愛しい男の額にキスを落とした。なんとも形容しがたい感情の渦に呑まれそうになる。

「…………」

「時間が経って、落ち着いたら回復すると思う。ネットとかで流通している変なお薬に手を出さないように。USAで認められている、っていう宣伝文句は要注意だからね」

「…………」

「元気でいい子」

氷川は改めて雄々しく漲っている清和の分身を握り直した。EDの欠片も感じさせない一物だ。

「…………」

「僕でこんなに元気になったんだ」

これ以上、清和の分身は大きくならないと思っていたが、まるで見せつけるかのように膨張していく。

「…………」

「いい子にはご褒美をあげる」

氷川は頬を薔薇色に染めて微笑むと、自分のネクタイを外した。白いシャツのボタンを

手際よく外した。……いや、久しぶりで緊張していたのかもしれない。なかなかボタンを外すことができない。

「………」

「……上手く脱げないのはいやだからなわけじゃないから誤解しないでほしい」

氷川が外せないボタンの言い訳をすると、清和は苦しそうにボソリと言った。

「……煽るな」

清和は逃げるように氷川から視線を逸らす。

「煽っているんじゃない。本当になんか……ドキドキしてきた……清和くんがかっこよすぎるから……」

あちこちが火照り、シャツのボタンを外すことができない。氷川は目を閉じて、広い胸に顔を埋めた。

「………」

全身で身体を要求されているような気がして、氷川は目をそっと開ける。飢えに苦悩する野獣がいた。

こんなに可愛い野獣を飢え死にさせたくはない。

「僕が欲しい？」

氷川は嬉しくなって、清和のネクタイを緩めた。不可解なことに、先ほどまで上手く動かなかった指が自在に動く。ネクタイを外し、シャツのボタンも上から順に手際よく外すことができた。

「わかっているなら」

飢えた野獣の双眸が愛しくて胸が高鳴る。氷川は自分の心臓が破裂しないのが不思議でならない。

「おいで」

今すぐにでも愛しい男を受け入れたい。

「…………」

「僕も寂しかったんだ」

愛しい男と魂をわけ合って生まれてきたのではないだろうか。そう思ってしまうぐらい求めていた。

「文句を言うな」

どんな抱き方をしても文句を言うな、と口下手な亭主は注意しているのだ。今までに何度も繰り返した言葉だが、今夜は少しだけ声色が違う。

「言わないから」

「忘れるな」

ガバッ、と逞しい身体に凄まじい勢いで覆い被される。これまでの忍耐を表しているようだ。

「……あ、清和くん……」

「手加減できない」

愛しい男の双眸も手も言葉も氷川の全身を熱くする。

「……あ……あぁ……」

その夜、飢えた野獣に襲われたらどうなるのか、氷川はその身で思い知らされた。愛しい野獣に引き摺られ、己も浅ましいメスに成り果ててしまう。理性や羞恥心、そういったものはすべて泡。

4

どこかで誰かがヒソヒソと話し合っている。

よく知っている声から聞き覚えのない声まで、何人いるかわからない。言語も入り混じっている。

「宋一族の狐童と交渉した後にとうとう魔女が倒れて、卓と安部のおやっさんが入院させました。今、本部の指揮は卓が取っています。総本部の指揮は橘高のオヤジです」

眞鍋の虎に答えたのは、情熱を分かち合っていた昇り龍だ。まず、氷川が聞き間違えるはずはない。

「わかった」

「眞鍋のピンチ、眞鍋を攻めるなら今だ。団体で攻めてくるぜ」

記憶にない声の主が煽るように言うと、懐かしい声の主が窘めるように言った。

「藤堂和真を使えばいい」

「諸刃の剣」

「眞鍋に藤堂和真以外のカードはない」

「鉄砲玉を止めれば風向きは変わる」

記憶にない声が続いた後に、知っている低い声。

「ショウが長江組系三星会の兵隊を半殺しにしました。今現在、長江からは何もありませんが、竜仁会の会長補佐から注意が入りました」

リキが言い終えるや否や、聞き覚えのある声の持ち主が捲し立てた。

「二代目、ショウを怒らないでネ。ショウはいじめられているベトナムの女の子を助けただけ。ショウはヒーローダ。女の子たち泣いタ。この通りネ」

「ホアン、わかっている」

清和が宥めるように呼んだ名で、氷川は確信を持った。眞鍋の昇り龍に心酔しているベトナム・マフィアのダーの幹部だ。

「ショウは長江組系売春組織である五星会の幹部も半殺しにしました。組織の商品もだいぶ逃がしたそうです。長江から文句はありませんが、竜仁会の会長補佐から注意が入りました」

例によって、リキは冷淡な口調で事実を告げている。氷川の瞼には何事にも動じない苦行僧が浮かんだ。

「二代目、ショウは地獄にいたベトナムとインドの女の子を助けたノ。怒らないでネ。怒るのはミスだヨ」

ホアンが涙声でショウを庇うと、加勢するようにベトナム語やフランス語でも何か聞こえてきた。おそらく、そばにいるホアンの仲間がショウを称えている。

「ホアン、わかっているから興奮するな」

「長江、ひどい。デビルだヨ。前よりひどくなったネ」

「逃がした商品はどうした？」

「リエンに預けた。インドの女の子はインドのガネーシャに回すヨ。うちのボス、ガネーシャのボスと仲良しネ」

ホアンの言葉を補足するように、誰かがフランス語で語り、ベトナム訛りの英語が続いたが、清和は淡々としていた。

「そうか」

「長江のデビル、ひどいヨ。五星会も三星会も長江のデビル。二代目が大ボスなら、このデビルなかったネ」

「ホアン、泣くな」

「今から大ボス、なってネ」

「始末すればいいだけ」

苛烈な極道の処理方法はいたってシンプルだ。周りの男たちに驚いた気配はまるでなかった。

「ヒットマンを送るノ？」

「ヒットに成功しても、長江のデビルはエンドレス。二代目が大ボスになるしかないでショ」

どうやら、ダーのホアンは今でも清和の裏社会統一を推している。単なるベトナム青年でないから侮れない。

……ちょっと待って……冗談じゃない。

絶対に駄目、と氷川は倦怠感が残る身体で力む。腰や股関節に纏わりついていた重い鉛も一気に吹き飛んだ。傍らの籐の椅子にあった絹のガウンを身につけ、鏡で自分をチェックもせずに飛びだした。

「清和くん、裏社会のボスになっちゃ駄目ーっ」

衝立の向こう側、想定外の光景が広がっていた。木目の綺麗なローテーブルにベトナムビールの瓶が並んでいるが、グラスは一人分しかない。すなわち、素肌に絹のガウンを羽織っている清和の分だけ。

「どうした?」

清和に抑揚のない声で問われ、氷川は周囲をきょろきょろと見回した。眞鍋の虎やダーの幹部がいない。

「……せ、清和くん?」

「……あぁ」

清和は胡座をかいた体勢で視線を合わせようとせず、ベトナムビールを瓶のまま飲んだ。厚い胸板には氷川がつけた跡がべったりと残っている。

「リキくんやホアンくんたちは？」

「なんのことだ？」

清和は惚けたが白々しくてたまらなかった。

「恐ろしいことを話していたね？」

「気のせいだ」

「気のせいじゃない……気のせいじゃないよね。こう見えても僕はホームズを読破しているんだよ。騙そうとしても無駄……あ、温かい……人の温もりだ。今まで誰かが座っていたね？」

氷川は世界で最も有名な名探偵を意識し、床やテーブルなど、あちこちを手で触って調べた。微かに温かい。今まで誰かが座っていた証拠だ。

「……………」

不夜城の覇者の顔色はいっさい変わらないが、心中では派手に動揺している。背後に青い大吹雪が吹き荒れているようだ。

「清和くん、驚いている？」

こんな清和くんは珍しい、と氷川は驚愕(きょうがく)で愛(いと)しい男の頰(ほお)を摩(さす)った。ピリピリピリピリッ、とした緊張が伝わってくる。

「…………」

「僕も速水(はやみ)俊英(しゅんえい)先生みたいに副業で探偵をしようかな」

神の手を持つ天才外科医に何があったのか謎(なぞ)だが、米国で賛嘆された後、帰国して探偵事務所を開いてしまった。速水総合病院関係者だけでなく医学界にとっても青天(せいてん)の霹靂(へきれき)であり、頭を抱えているという。傑出した天才外科医が医療現場から去ることは国宝の損失に等しい。先日、眞鍋組も英国紳士然とした天才外科医に助けられたばかりだ。

「やめろ」

仁義を重んじる極道なのに、命の恩人に対する感謝がない。なんとも形容しがたい複雑怪奇な心情が伝わってきた。

「清和くん、まさか、速水俊英先生が恐(こわ)いの？」

氷川が怪訝(けげん)な顔で指摘すると、清和の鋭い目に陰鬱(いんうつ)な影が走った。

「…………」

「……ううん、恐いんじゃなくて不気味？　俊英先生の変人ぶりにお手上げ？　ほかの子たちもみんな、のたうち回って……ホームズとワトソンとハドソン夫人とスフレに悲鳴を上げた？　いったい何があったの？」

氷川はオムツを替えた幼馴染みから読み取れるだけ全力で読み取ったが、脳裏に刻んだパイプをふかす名探偵を総動員しても理解できない。清和ひとりの恐怖ではなく、ほかの男たちの恐怖も混じっているからだろう。

「……その話はやめてくれ」

温度調節は適切に設定されているのに、清和の額から脂汗が噴きだした。不夜城の覇者としては無残だが、氷川には可愛く映るだけだ。

「そんなに俊英先生はすごいの？」

氷川が知る限り、俊英の実力を礼賛しない医療従事者はひとりもいない。ただ、よくよく思い返せば、米国帰りの天才外科医の奇行話は耳に届くようになった。父親である速水総合病院院長が非の打ち所のない医師だけにセンセーショナルだ。

「…………」

「……え？　……あ、あの祐くんも俊英先生に敵わなかった？　……あ、祐くんのシナリオを俊英先生は悉く台無しにした？　……あぁ、祐くんも俊英先生の言動が予想できなかった……誰も予想できない？」

「…………」

お前といい勝負、と清和の心の深淵から漏れたような気がした。

眞鍋組二代目姐と秀麗な天才外科医による頂上決戦が、本人たちの意思に拘らず勝手に行われている。……らしい。

「……僕と俊英先生、どっちがひどいか？　答えが出ない？　賭け？　……違うよね？　そんな賭けはしていないよね？」

氷川が食い入るような目で覗き込むと、清和はあからさまに視線を逸らした。珍しく、微かに指先が震えている。

「…………」

「……大丈夫、諒兄ちゃんがついているから大丈夫だよ。なんでも、諒兄ちゃんに話してね」

よしよし、と氷川は目の中に入れても痛くない幼馴染みを抱こうとした。なのに、育ちすぎた幼馴染みはつれなく離れてしまう。

「…………」

可愛い男は背を向け、翡翠の蓮が施された扉の向こう側に消えた。氷川が止める間もない。

「……ちょ、ちょっと待ちなさい。どこに行くの？」

氷川が慌てて立ち上がって追えば、南国の木々に囲まれた大きな花園だ。……否、南国の花々が浮かんだ広いバスタブであり、水界を統治する水宮聖母の手から湯が流れ続けている。

「……あ、お風呂？　こんなところにあるんだ。僕も入る」

清和が仏頂面で絹のガウンを脱ぎ捨て、色鮮やかな花を掻きわけるようにして湯に浸かった。当然、氷川も生まれたままの姿で広い背中に続く。

「…………」

湯気が立ちこめる中、逞しい背中に彫られた昇り龍が辛い。見慣れても、切ない。脇腹に残る銃創も苦しい。これ以上、傷を増やしたくない。

「清和くん、こら、逃げちゃ駄目」

氷川はフラワーバスの中で、愛しい男を捕まえた。決意表明とばかり、ぴったりと張りつく。

「…………」

「さっきの話……恐ろしいことはいけません。今日と明日、諒兄ちゃんはお休みだから一緒に遊びましょう。かくれんぼとおいかけっこ以外で」

在りし日、幼い清和相手のかくれんぼとおいかけっこならば対処できた。今ならば太刀打ちできない。

「…………」

「何か言って」

「…………」

一言でも口にすればすべて読み取られる、という危機感に駆られているようだ。清和は壁際のパームツリーを凝視している。

「ショウくんが暴れる気持ちがわかるの？」

隠しても無駄、と氷川は頰を擦り寄せた。

つい先ほど、ベッドで聞いた衝立越しの会話は夢ではないはずだ。長江組系団体の悪行にショウが爆発し、大暴れしたのだろう。眞鍋組の武闘派幹部候補の腹心としては問題がありすぎる行動だ。

けれど、ダーのホアンが庇う必要はなかった。誰より、眞鍋組二代目組長は苦楽をともにした特攻隊長の行動を支持している。非道の輩を自分の手で病院送りにしたがっている気配さえあった。

「…………」

「長江がそんなに惨いことをしているのなら警察に任せよう。警察が頼りにならなくても、正道くんならなんとかしてくれるから」

氷川にしても長江組の鬼畜の所業は許せない。ただ、清和が鉄槌を下すことには賛成できなかった。清廉潔白な警視総監最有力候補のひとりならば、正義を貫いてくれると信じている。正道を眞鍋組が全力でバックアップすればいい。

「…………」

清和は頑なまでに真っ直ぐな警視総監最有力候補のひとりを嫌ってはいない。しかし、接したくないのだ。

「正道くんに関わりたくないの？」

「…………」

「……あ、リキくんと正道くんはどうなったの？」

先日、とうとうリキの口から正道との関係を聞きだした。正道の積年の想いがようやく通じたのだと喜びたかったが、リキは今までとまったく変わらず、素っ気なかったものだ。ずっと気にかかっていた。送迎担当者に尋ねても、答えらしい答えが返ったことは一度もなかった。どうやら、日々の送迎担当者たちもわからないらしい。

「…………」

「リキくんと正道くんを祝福してあげないの？」

ふたりを祝福してあげて、と氷川の手は無意識のうちに清和の耳を引っ張っていた。氷の美貌を誇る警察のキャリアの幸せそうな姿が見たい。リキを諦めようとしても諦められず、密かに懊悩する正道が哀れでならなかったから。

「関わるな」

清和に吐き捨てるように言われ、氷川は長い睫毛に縁取られた目を揺らした。さらに濡れた耳を引っ張ってしまう。

「また、それ？　聞き飽きた」

「…………」

「正道くんの件、リキくんに何か言われた？」

「…………」

「リキくんに言われただけじゃないね？」

「…………」

リキに注意されているだけでなく、清和本人もそう思っているのだろう。眞鍋の龍虎は氷川と正道を関わらせたくない。何より、正道を眞鍋組と関わらせたくないのだ。

「……確かに、今、そんなに大変な時なら正道くんに関わらないほうがいいかもしれない……リキくんのことで利用されるかもしれないからね……」

各暴力団や海外の闇組織がどんな情報を摑んでいるのか不明だが、前々から祐は警視総監最有力候補のひとりを利用する気だった。何度もリキを煽っていたものだ。

「…………」

「……あ、それこそ、俊英先生の速水探偵事務所に依頼すれば……」

氷川が思い余って秀麗な天才外科医に言及した瞬間、清和の重い口が開いた。

「やめろ」

一瞬にして、清和の身体が冷たくなったような気がした。優雅に浮かんだ香りのいい花々が枯れそうだ。

「清和くん、俊英先生の話になると変わる」

ふふっ、と氷川は知らず識らずのうちに笑っていた。最愛の亭主に対する愛しさが倍増する。

「やめてくれ」

恐い物知らずの極道の背後に何本もの白旗が見える。

「俊英先生に探偵能力があるとは聞いていないけれど、正義感は強いと思うから正義は守ってくれるんじゃないかな」

類い希な美貌と神がかった頭脳を持つ外科医だが、本人が望んだ探偵能力は著しく乏しいという。だが、正義を愛する魂を持っていることは間違いない。資産家の令息だし、清水谷系のバックもあるし、長江組を始めとする暴力団に食い込まれるような弱みはないはずだ。

「それだけはやめろ」

「今の御時世、正義を守ることが一番難しい」

景気が低迷し続ける中、善良な人々も正義を売り渡さなければ生きていけないという。自身と家族のため、他者を犠牲にする時代に入ってしまった。悲しいけれど、そんな気がしてならない。

「………」

「正義を守りたくても守ることができない。良心の呵責で身体を壊してしまった患者さんが多いんだ」

いったいなんのために出世競争に勝ったのか、いったいなんのために従業員を解雇したのか、いったいなんのために下請け会社を切り捨てたのか、氷川は精神的に追い詰められた患者の前で無情を嚙み締めた。心と身体は直結している。心が健康でなければ、身体も健康を保てない。

「………」

「僕、清和くんに恐ろしいことをしてほしくない」

そのためにはどうすればいいのか、氷川は思考回路をフル回転させた。米国でも絶賛された天才外科医が有効打ならばいくらでも駆使する。たとえ、愛しい男の眉間の皺が深くなっても。

「………」

「とりあえず、ヒットマンを送るのは駄目だよ」

ヒットマンを送れば、すべてが水泡に帰する。仕掛けた眞鍋側が批判され、不利な立場に追い込まれるだろう。

「………」

「裏社会の大ボスなんてもってのほか」

チュッ、と氷川は愛しい男の顎先（あごさき）にキスを落とした。

「……………」

「ホアンくんにどんなに泣きつかれても無視してね。僕もホアンくんに話があるから会いたい」

この際、ダーの幹部と話し合ったほうがいい。氷川はいかにもといった純朴そうな青年の顔を脳内に浮かべた。本来、マフィアになるような青年ではなかったのだ。長江組系の組織に騙されて家畜同然にこき使われ、間一髪のところで清和に助けられたという。

「……………」

「祐くんはとうとう倒れたんだね」

察するに、眞鍋で一番ビジネスマンらしい策士が、昇り龍や特攻隊長の爆発を止めていたのだろう。卓は頭脳派幹部候補だが、魔女の代理は務まらない。祐が今まで抑え込んでいたものが、一気に噴きだす危険性がある。それこそ、長江と共闘したイジオットに攻め込まれたら一溜（ひとた）まりもない。

「……………」

「祐くんのお見舞いに行こうか」

「あいつは……」

清和は濡れた双眸で、祐の高い矜持を告げた。端麗な参謀は病室で寝込む姿を見られたくないのだろう。

「お見舞いに行ったら祟られるね」

「ああ」

「今日は裕也くんを連れて動物園に行こうか？」

自分で止められないのならば初代・松本力也の遺児に頼むしかない。命を捨てる覚悟を決めた昔気質の極道も、溺愛している子供の出現で折れた。不夜城の覇者も裕也がいれば、熾烈な手は取らないはずだ。

「……おい」

危険に晒すな、と不夜城の覇者の鋭い双眸は雄弁に語っている。

「温泉でゆっくりするのもいいね。新婚旅行がたんたん狸になっちゃったから、湯河原温泉がいいかな……千早さんや千晶ちゃん、熱海のみんなはどうなったのかな……」

芸妓に扮する気は二度とないが、熱海には大切な者たちがいる。小田原の父子がどうなったのか、気になってもいた。

「…………」

「清和くん、恐ろしいことをするのは許さないよ。たとえ、表向きだけでもやっと落ち着いたんでしょう。このまま本当に落ち着かせるんだ」

「…………」

氷川は清和の視線が南国の木々の向こう側に注がれていることに気づいた。籐の扉の向こう側に何かあるのだろうか。

ふと、アイスクリームを欲しがるあどけない幼馴染みが瞼をかすめた。氷川は点検するように美丈夫の引き締まった腹部を撫でた。

「清和くん、もしかしてお腹が空いたの？」

「あぁ」

「ご飯にしようか」

「あぁ」

「その前にキスして」

氷川が望めば年下の亭主は嬉しそうに応える。

最高の楽園が模倣された中、ふたりで唇を重ねた。一度で終わらずに角度を変えて二度、三度と。

氷川は清和と一緒にフラワーバスから上がると、ふかふかのタオルで身体を拭いた。もちろん、氷川が可愛い亭主の髪の毛も身体も優しく拭く。着替えとして何枚ものアオザイが用意されていたから困った。

「清和くんの着替えはちゃんと用意されているのに、僕には女性用のアオザイ？」

光沢のある青色の上下に蓮の花が描かれた定番のアオザイ、精巧な手刺繍が施された紅色のアオザイ、幾何学模様のアオザイ、ノースリーブでろうけつ染めの模様が印象的なアオザイ、西洋風のレース付きのアオザイなど、豊富な色や柄、デザインのアオザイが揃えられているが、すべて女性用だ。辛うじて新しい下着は男性用だった。

「…………」

「僕が着ていた服は？」

籐のチェストや棚、ダストボックスを探しても地味なグレーのスーツやシャツ、靴下も見当たらない。脱がされたベッドの周りにもなかった。

「…………」

「これを着ろ、ってことなのかな？」

比較的控えめな色と柄のアオザイを選び、氷川は袖を通した。清和の鋭敏な目が細められる。

「…………」

「清和くん、僕、おかしい？」

ベトナムの民族衣装は世界一美しいと形容されている。ベトナムの母親は娘がアオザイを綺麗に着こなせるように腐心するとも、ベトナム旅行帰りのスタッフに聞いたことがあった。

「…………」

木偶の坊と化した亭主に困惑していると、衝立の向こう側からアオザイ姿のあどけない女児が現れた。小さな手には花が握られている。

「おはようでちゅ〜っ」

二歳か、三歳になっているのか、判断できないが、可愛い盛りの女児に氷川の頬は緩んだ。

「……あれ？　可愛い。おはよう」

「女神ちゃま、女神でちゅ。きれいなの」

きゃっきゃっきゃっ、と女児はアオザイ姿の氷川を見てはしゃいだ。よっぽど、感動したらしい。

「ありがとう」

「おはな、ちて」

女児は手にしていた南国の花で、氷川の髪の毛を飾ろうとした。当然、氷川は戸惑ってしまう。

「お花もつけるの？」

「女神ちゃま、きれいなの。おはなでちゅ」

「ありがとう」

氷川がにっこり微笑むと、女児に手を握られた。そのまま衝立の向こう側にヨチヨチと進む。

いつの間にか、アジアン調のテーブルには南国フルーツや未熟なパパイヤのサラダ、生春巻きなど、美味しそうなベトナム料理が並んでいた。

「女神ちゃま、モグモグちて」

「モグモグ？」

「おいちいでちゅ。モグモグちて」

「ベトナム料理だね。そういえば、ベトナム料理はお野菜がたっぷりで健康にいいんだ」

氷川が椅子に腰を下ろすと、女児は膝に座ろうとした。あまりの可愛さに、女児を優しく抱き上げる。

「可愛いね。お名前は？」

膝にちょこんと座った女児が、遠い日の幼馴染みを思いださせた。……いや、こんなにおとなしく座っていなかったような記憶もあるが。

「クック」

「クックちゃん？　可愛い名前だね」

氷川がベトナム名を褒めると、母親の名も明かした。

「あい、ママはリエン」

「ママの名前も素敵だね」

「あい、モグモグちて」

クックは小さな手でマンゴーを摑むと、氷川の口に入れようとした。

「……ありがとう」

一瞬、氷川は躊躇ったけれどもマンゴーを口にする。今まで食べてきたマンゴーを覆すような味だった。

「おいちい？」

クックにつぶらな目で見つめられ、氷川は満面の笑みで答えた。

「すっごく美味しい」

「でちょ、おいちいでちょ」

クックは無邪気にも全身で喜びを表現した。やんちゃ坊主と違って、手足をバタバタさせても耐えられる。

「ありがとう」

「こっちもモグモグ」

ドラゴンフルーツやランブータン、大きなジャックフルーツなど、クックに南国の果物を口に放り込まれた。おそらく、クック本人の大好物なのだろう。

時間的には朝食だが、サラダや南国フルーツだけでなくボリュームのある料理が並べられている。レモングラスに巻かれているのは豚肉や牛肉だ。おもてなし相手の肉食嗜好を知っている。

ジンジャー風味の鶏肉料理のガーサオマン、ベトナム風サイコロステーキのボールックラック、豚肉をバクックの葉で包んで発酵させたネムチュアなど、清和は黙々と咀嚼していた。

「クックちゃん、清和お兄ちゃんにお野菜を食べさせてあげて」

氷川は横目で肉料理しか口にしない清和を捕らえていた。あえて注意せず、無邪気な幼子に託す。

「あい」

クックは芸術品のようにカッティングされたキュウリを摑み、清和の口元に運んだ。もちろん、氷川は無言で圧力をかける。

「清和お兄ちゃま、あ～んちて」

敵には容赦がない極道は年上の恋女房と天真爛漫な女児には逆らわなかった。憮然とした面持ちでキュウリを食べる。

「クックちゃん、ありがとう。清和お兄ちゃんにもっとお野菜を食べさせてね」

女の子は役に立つ、と氷川は心の中でガッツポーズを取った。

「あいっ」

クックは使命感に燃えたらしく、カッティングされたニンジンやセロリ、プチトマトも清和の口に押し込んだ。

「クックちゃん、いい子だね」

「あいっ」

清和の食事はクックに任せ、氷川は酸味がほどよく利いたザボンのサラダを食べた。ピーナッツと海老(えび)がマッチして絶妙の味わいだ。トマトとタマリンドが使われたベトナムの代表的なスープも美味しい。ハーブが引き立つ白身魚のサラダは文句のつけようがないし、タマリンドソースで炒(いた)めた海老も絶品だった。

「ベトナム料理ってこんなに美味しかったっけ」

氷川にとって大満足の朝食だった。ベトナム大豆醬油(しょうゆ)のシーザウや魚醬(ぎょしょう)のヌクマム、アミの発酵味噌(みそ)のマムズオックという独特の調味料に興味を持つ。自分で作り、愛しい亭主に食べさせたいメニューが増えた。

「清和くん、ベトナム料理、美味しいね」

「ああ」

「うちでも作るから帰ってきて」

「ああ」

クックがいい働きを見せてくれたおかげで、肉食男子もビタミンやミネラルがだいぶ摂取できたようだ。

「女神ちゃま、清和お兄ちゃま、ごっくんちて」

食後のベトナムコーヒーを飲んでいると、扉の向こう側からたどたどしい日本語が聞こえてきた。

『もう～っ、次ね、次、また来てネ』

『次こそ、ラブしようネ。ラブよ』

『次のお約束してヨ。社交辞令ナシナシネ』

扉が開くと、ホアンが人懐っこい微笑を浮かべて入ってくる。背後には無実の罪で火刑になった悲劇の男たちがいた。……否、イワシやシマアジ、メヒカリといった八面六臂（はちめんろっぴ）の活躍を見せる精鋭たちだ。

「二代目、全滅です」

メヒカリが悲痛な面持ちで報告した瞬間、氷川の眼底に血塗（ちまみ）れの男たちが浮かんだ。清和が口を開く前に声を上げてしまう。

「……っ……メヒカリくん、まさか眞鍋の人たちが全滅？」

ひくっ、と喉を鳴らしたのはイワシとシマアジだ。

眞鍋の男が流した血の海に蓮の花が咲いたのだろうか。

ベトナム国花は泥水の中で育ち、大きく美しい花を咲かせる。血の中でも美しく咲かせられるかもしれない。

「……あ、あ、あ、姐さん、それじゃないけど、それに近い。全員、勃ちませんでした」

メヒカリが赤い目で言うと、イワシやシマアジは苦渋に満ちた顔で溜め息をついた。清和の目にも凄絶な懊悩が走る。

「……え？」

一瞬、氷川は何がなんだかわからず、上体を大きく揺らした。膝にちんまりと座っているクックは楽しそうに手を振っている。

「……い、いざ、その時になったらサメとダイアナのあれが浮かんで萎える……全員、そうです……」

メヒカリが並々ならぬ男の悲哀を漲らせると、南国ムードが漂う室内は無間地獄の入り口と化した。

「……ま、まさか……」

メヒカリやイワシ、シマアジたちはベトナム美女の甘い蜜を吸おうとして、無残にも散ったのだろうか。眞鍋に蔓延するEDという嵐はここまで深刻なのか。

不夜城の覇者の表情から紐解けば、咽び泣いているのは目の前の男たちだけではない。たぶん、清和の多くの舎弟たちはベトナム美女相手に甘い夢を見ようとして玉砕している。

「……情けないです」

メヒカリの目から大粒の涙がはらはらと落ちると、シマアジは悔しそうに嗚咽を漏らした。イワシは俯いたままだ。

ホアンや清和は無関心を装っているが、どちらも深く同情しているようだ。同じ男として思うところが大きいのだろう。

「……子供の前でなんてことを言うのっ」

氷川が膝のクックを抱きながら咎めると、メヒカリは昨夜の相手を明かした。

「クックちゃんのママに慰められて、男のプライドがクラッシュしました」

「メヒカリくん、口を慎みなさい」

氷川の目は吊り上がったが、クックはナプキンを掴むと膝から下りる。ヨチヨチヨチヨチ、とメヒカリに近づいた。

「お兄ちゃま、えんえんないないでちゅ。クックいるからね」

クックは天使のような笑顔を浮かべ、ナプキンでメヒカリの涙を拭いた。男泣きの理由を理解しているとは思えない。ただ、泣いているから哀れに思い、慰めているのだろう。

心根の優しい女児だ。

「……クックちゃん、ありがとう」

メヒカリが感涙でえずきそうになると、クックは腹部を撫でた。

「どちたの？　ポンポン、いたいの？」

「……ん……んんんんん……」

ポンポンの下、とメヒカリは言いかけて呑み込んだ雰囲気がある。氷川は呆気に取られたが、ほかの男たちの顔は揃いも揃って真剣だ。

「お兄ちゃま、おちんちん、あるの？」

何を思ったのか不明だが、クックは屈託のない笑顔で爆弾を落とした。メヒカリは今にも無間地獄の沼で憤死しそうだ。

「……ううっ？」

「ホアンお兄ちゃまにおちんちん、あるの？」

クックは楽しそうに言いながら、兎のようにぴょんぴょん飛び跳ねた。周囲の頑強な男たちの魂も飛ぶ。

「……そ、そりゃあ……」

メヒカリは目を白黒させつつも律儀に言葉を返す。

「清和お兄ちゃまにもおちんちん、あるの？」

クックはメヒカリの前で跳んだ後、ホアンや清和のそばでも楽しそうに跳ねた。逐一、答えるのはメヒカリだ。

「……そりゃ、ある……」

「ショウお兄ちゃまにも元紀お兄ちゃまにもおちんちん、あるの？」

クックはぴょんぴょん跳びながら声を立てて笑う。

……あ、クックちゃんはあの子やあの子と一緒だ、深い意味はないはず、と氷川は院内で見かける女児を思いだした。

愛らしい女児がぬいぐるみを抱き、はしゃぎながら連呼していたセリフが「おちんちん」だ。ひとりやふたりではなく意外なくらい多かった。

「……うん、あるよ。ショウと桐嶋組長のは元気」

メヒカリが真顔で相槌を打つと、クックはヒソヒソ話のように口に手を添えながら明かした。

「ママにおちんちん、ないないでちゅ」

「うん、ないよ」

「クックにもおちんちん、ないないでちゅ。いつ、生えるでちゅか？」

クックが目をキラキラさせて尋ねると、メヒカリは降参とばかりに氷川を震える指で差した。

「……女神ちゃまに聞いてくれ」

クックはメヒカリから氷川に視線を流し、ヨチヨチと戻ってくる。頬は紅潮しているし、鼻息も荒い。

清和やホアンといった男たちは、置物のように自身の存在を隠している。おしなべて、全員、おしゃまな女児に弱い。

「女神ちゃま、クックのおちんちん、いつ、生えるでちゅか？」

クックに星が飛ぶ目で尋ねられ、氷川は優しい声音で答えた。

「クックちゃんは女の子だから生えないよ」

氷川は宥めるように頭を撫でたが、クックは悪魔のようにいきり立った。

「どちて、どちて、クックにおちんちん、ないない。クックもおちんちん、ほちいーっ」

どうして男性器が欲しいのか、その理由を探る必要はない。氷川は観音菩薩(ぼさつ)を意識して語りかけた。

「ママもおちんちん、ないでしょう。クックちゃんはママと同じ」

「クック、おちんちん、ほちいでちゅ。おちんちん、あったら、ホアンお兄ちゃまやパパといっちょにがんばるでちゅ。みんな、守るでちゅーっ」

クックの可愛い雄叫(おたけ)びを聞いた瞬間、ホアンや清和、イワシにシマアジにメヒカリといったその場にいた男たちの目が切なげに曇る。いとけない女児の心を傷つけるような過去があったのかもしれない。

氷川は今さらながらに純朴そうなホアンがベトナム・マフィアの幹部であり、一帯がダーの牛耳る街であることを思いだした。そもそも、ダーは騙されて来日したベトナム人を助けるために結成された組織だ。成立には清和も関わっているらしいが、成り立ちからしてほかの海外闇組織とは異なる。

「……ん～ん？　クックちゃんはホアンお兄ちゃんやパパとは違う役目があるんだよ。違うことで頑張るんだ」

「……おちんちんあったら、ホアンお兄ちゃま、守ってあげるでちゅ」

クックは氷川に抱きつき、ぐずりだした。天使のように愛らしい女児だが、女戦士希望の勇者だ。

「クックちゃんは毎日、元気で楽しく過ごすことを頑張るんだ。クックちゃんが笑っていたら、みんなも幸せになるよ」

天真爛漫な女児の笑顔はそれだけで癒やされる。氷川もクックとほんの少し接しただけで、深淵に溜まっていた膿が流れたような気がした。

「……それ、姐さんがクックちゃんに言っているセリフは一字一句違えずに俺たちが姐さんに言いたい」

イワシが無間地獄の亡者のような声で言うと、衝立の向こう側から音もなく現れた眞鍋の虎が低い声で続けた。

「眞鍋全員の総意です」

リキが腰を折ると、イワシやシマアジ、メヒカリたちはいっせいに頭を下げた。

くふっ、とホアンは噴きだしたものの手で口を押さえた。素朴なベトナム青年にとっては愉快な場面らしいが、氷川の頰はヒクヒクと引き攣りまくった。

「リキくんまでそんなことを……」

膝にあどけない女児がいなければ、力の限り異議を唱えていただろう。

「姐さん、失礼します。時間がありません」

リキはいつもと同じ苦行僧のような顔で言ったが、清和を急かしていることは明白だ。

イワシやシマアジ、メヒカリが合図のように扉の前に立った。

「ＥＤにハゲ、俺たちは二重苦に苛まれています。姐さん、俺たちを三重苦にしないでください」

イワシは暗澹たる風情で言いながら、自分の髪の毛を搔き上げた。無残にも十円玉の無毛地帯がある。

間髪を入れず、メヒカリやシマアジも頭に手をやった。寒々しい百円玉と五百円玉の空虚な陣地。

若々しい青年たちのハゲが三つも並んだ光景は、この世の不条理や諸行無常を表現していた。

なんにせよ、氷川は二の句が継げない。

氷川も清和に促されて立ち上がったが、クックはべったりと張りついて離れない。必然的に抱いたままだ。

「クック、もっと女神ちゃまといっちょ」

クックに甘えるようにスリスリされ、氷川の頰はこれ以上ないというくらい緩む。ホアンが宥めるように口を挟んだ。

「クックちゃん、女神ちゃまはお仕事なんダ。お見送り、しようネ」

「めっ、女神ちゃま、帰っちゃめっめっ」

「うん、困ったネ。僕もこんなに綺麗で優しい女神サマを帰したくないヨ。けど、お見送りしないとネ」

バイバイ、とホアンは手を振ったが、クックは首を振った。

「お見送り、あちたでちゅ」

「バイバイは今日ネ」

「あちた。女神ちゃまにプリン、あげゅ」

氷川はクックを突き放せず、抱いたまま、清和とともに南国調の長い廊下を進んだ。アオザイ姿の美女たちがズラリと並び、眞鍋組二代目組長夫妻を恭しく見送る。内部構造がどうなっているのか不明だが、入店した時の出入り口ではなく、まったく趣の違うビルのスタッフ専用出入り口から出た。

晩夏を思わせる朝の風が頬に本日の天気を告げている。

車寄せには銀色のベントレーが停車し、運転席では眞鍋の韋駄天がシートベルトを締めていた。

清和に乗り込むように促されたが、依然として氷川からクックが離れない。

「女神ちゃま、いっちょにおままごとするでちゅ」

「クックちゃん、またね」

名残惜しいが、いつまでも構っていられない。氷川は断腸の思いで愛らしい女児をホアンに渡そうとした。

が、クックは小さな手足をバタバタさせて拒む。

「めっめっめっめっめーっ、清和お兄ちゃまのキングのパーチーするでちゅ」

「清和くんのキングのお祝いパーティー？」

「清和お兄ちゃまはキングでちゅ。デビルやっつけたでちゅ。デビルはお姉ちゃま、たくさん、いじめた。ショウお兄ちゃまもリキお兄ちゃまも大好きでちゅ」

クックはいたいけな幼児だが、氷川が知らない一面を知っているようだ。ひょっとしたら、デビルは長江組系組織かもしれない。

「……ん、またね。また」

「めっめっめっめっめーっ、いっちょにキングのプリン、モグモグするでちゅ」

クックの一際激しい絶叫が響き渡った時、リキが手にしていたスマートフォンから卓の張り裂けそうな悲鳴が聞こえてきた。清和が手にしていたスマートフォンは舎弟頭の呻き声であり、イワシのタブレットの端末ではアンコウの絶叫だった。

「タイムアウト」

リキは淡々とした調子で言いながら、清和を座席に押し込んだ。そのまま飛び乗るようにベントレーに。

最速伝説を塗り替えている韋駄天が運転する車は物凄い勢いで発車した。あっという間に米粒になる。

「バイバイでちゅ」

氷川はへばりついているクックと一緒に、眞鍋組二代目組長を乗せた車を見送った。残虐非道の限りを尽くした眞鍋の龍虎も、あどけない女児には手も足も出なかったのだ。

ふふっ、と氷川は思わず笑みを漏らしてしまう。

「天使には勝てない」

氷川の言葉を聞き、イワシやメヒカリ、シマアジはいっせいに破顔した。どんな巨大な敵をも恐れないが、愛らしい子供とは戦えない。

「女神サマ、今日はうちで遊んでいかない？　エステはどう？　ホットストーンマッサージはオススメ」

ホアンの提案に答えたのは、タブレット端末を手にしたイワシだ。

「ホアン、実は姐さんには姐さんにしかできない仕事がある」

「女神サマにしかできない仕事は終わったでショ。二代目はご機嫌ネ」

ホアンが意味深な笑みを浮かべると、イワシは首を左右に振った。

「そっちじゃなくて、新しい問題が勃発した。……京介だ」

よりによってまたこんな時に、とイワシのみならずシマアジやメヒカリも嘆息している。

「ジュリアスの京介？　女神サマの子分ネ？」

ホアンが口にしたように、ホストクラブ・ジュリアスのナンバーワンは眞鍋組二代目姐の舎弟を名乗っていた。メディアでも頻繁に取り上げられているカリスマだが、ショウの幼馴染みであり、暴走族仲間でもあった。眞鍋組だけでなくほかの暴力団のスカウトを蹴り続けていたことは周知の事実だ。

「ジュリアスのオーナーが撃沈した後、京介を説得するのは姐さんしかいない。最後の頼みの綱」

「またショウが京介をデビルにしたノ？」

ホアンも夢の国の王子様をゴジラに変身させる理由を知っていた。

「それだけならベトナムスイーツで誤魔化せたと思う。ＥＤ軍団とハゲ軍団にプラス、因縁の問題も浮上したらしい。京介の好きな青豆と旅丘のチェチェ饅頭とボインボインパイを貢ぐ」

「京介のラブは緑豆とタピオカのチェーとバインゴットズアだヨ。手作り、好きネ」

「……それ、それだ。この近くだから買って帰る」

姐さん、お願いします、とイワシが頭を下げると、シマアジやメヒカリも九十度に腰を折った。さわさわと風が吹き、三人の髪の毛が乱れる。チラリ、とシマアジの空虚地帯が見え、氷川はわけがわからないままに頷いていた。

「寂しいけど、お見送りネ」

埒が明かないとばかり、ホアンがクックを腕尽くで引き離そうとした矢先、イワシが血相を変えて止めた。

「ホアン、クックちゃんを借りる。姐さんにクックちゃんがいたら、ゴジラも機嫌を直してくれるかもしれない」

イワシの言葉に同意するようにシマアジは相槌を打ち、メヒカリはボソリと呟いた。鬼に金棒、と。

眞鍋の土台を支える精鋭たちにとって、二代目姐は鬼であり、愛らしい女児は金棒だ。

ホアンは納得したように大きく頷くと、クックから手を離す。ベトナム語で何か言い含めると、クックは歴戦の戦士のような顔で敬礼した。

「あいっ」

クックの威勢のいい声が合図になり、イワシやメヒカリは歩きだした。氷川はクックを抱いたまま進む。距離を置き、ガードするのはシマアジだ。

「姐さん、京介お気に入りの店がこの近くにあるんです。歩いたほうが早いので」

イワシに指で行き先を示され、氷川は軽く頷いた。

「うん、それはいいけど、いったいどうした？　ショウくんがまた京介くんが楽しみにしていたスイーツを食べちゃっただけじゃないの？」

「京介の実のオフクロさんとの問題が再発したんです」

「京介くんの実のお母様？」

氷川が驚愕で目を瞠った時、曲がり角からアオザイ姿の女児が泣きながら駆け寄ってきた。

「ママ、ママ、ママを助けてーっ」

氷川が足下に張りついた子供に狼狽えると、クックがベトナム語で語りかけながら飛び降りた。涙混じりの返事がベトナム語で返ると、クックまで派手に泣きだした。

愛らしい女児による涙の合唱に、周りの男たちはオロオロしている。まず、役に立たないことは間違いない。

「クックちゃん、何が悲しいの？　お兄ちゃんに聞かせてくれないかな？　お腹が痛くて泣いているんじゃないよね？」

氷川がクックをあやしつつ尋ねると、足に張りついている女児が涙声で答えた。

「……ママ、ママ、おっきちない。ママ、おねんね、ママ、綾小路メイドちゃま、ないない、メイドちゃま、かくれんぼ。木村のおじちゃま、かくれんぼ。ママ、助けてーっ」

「……綾小路メイドちゃまと木村のおじちゃま？　綾小路先生と木村先生のことかな……あ、病人かな？　ママが病気なのかな？」

綾小路と木村といえば、眞鍋組と縁の深い闇医者だ。綾小路は眞鍋のシマで闇医者をしていたが、氷川を後継者に指名して逃亡を図った。木村は今も療養中のはずだ。

「……この子……たぶん、この子は不法滞在者の子供です……この子の母親は不法滞在者……そういや、近くに不法滞在者が暮らしているところがあります」

イワシはスマートフォンを確認し、思いだしたように言った。

「綾小路先生は？」

「失恋でストライキ中」

メイド姿の闇医者が眞鍋の虎に夢中だったことは知れ渡っている。いっさい相手にされなかったことも。

「ほかに医者は？」

「綾小路先生も木村先生もいないから助けてくれる医者がいません。……いることはいるけど、ヤミ金よりえげつない金を取るし、殺される危険性が高い。人殺しのセンセイです」

ベトナム人のみならず不法滞在者の悲惨な生活は、幾度となく氷川の耳にも飛び込んできた。健康ならまだしも身体を害したら終わりだ。道端で倒れて救急車で運ばれ、強制送還されたケースも多いという。沈みかかっている日本丸で希望する未来は難しいに違いない。母国で再起を図ったほうがいいと、氷川や同僚医師は単純に口を揃えたものだ。しかし、内情はさらに深刻だというから、肺腑（はいふ）を抉（えぐ）られる思いに苛まれた。

「……人殺しのセンセイ？」

氷川が首を捻（ひね）ると、イワシはズバリ言った。

「……あ～っ、病人を助けられないセンセイ」

「実力に問題のある医者なのかな？」

「……そう、それです。医者なら手配しますから、ご心配……」

イワシの言葉を遮るように、氷川は力強く言い放った。

「はい、医師を呼んでほしい。ただ、手遅れになることが一番恐いからちょっと診てくる。僕が行っても医療器具や薬がなかったらどうしようもないんだけど……」

「戦争中だと思ってください」

「わかっている。気をつけるから」

氷川は足下にいる女児に優しく語りかけた。

「僕は医者です……あ、綾小路メイドさんや木村先生とお友達です。ママのところに連れていってください」

氷川の言葉を理解したらしく、女児はしゃくりあげながらコクリと頷いた。そうして、氷川の右手を握った。

「……ママ、あっち」

「ありがとう」

「あたち、ミー」

「ミーちゃん？　可愛い名前だね」

「あい、クック、なかよち」

ミーが初めて笑顔を浮かべ、クックに言及した。涙に濡れた女児たちは友人同士だ。クックは応じるように、無邪気な笑顔で頷き、氷川の左手を握る。

あっちあっち、とミーが指差す方向に氷川はクックとともに歩いた。イワシとメヒカリは周囲を窺いつつ進み、シマアジはスマートフォンで誰かに報告していた。優しすぎるのも命取り、と愚痴っているが無視する。

「ミーちゃん、こっちでいいの？」

「こっち、こっちよ。ママを助けて」

ミーは氷川の手を握ったまま、ベトナムのビーズ製品を扱う店を指した。リーズナブルなベトナムの屋台や食堂が軒を並べているが、昨夜のダンスホールの出入り口付近とはだいぶ雰囲気が違う。

「こっち？」

氷川が神妙な面持ちで尋ねると、ミーだけでなくクックまでコクコクと頷いた。氷川は左右の腕を引っ張られる。

「こっちでちゅ」

ベトナムの女児たちは細い路地裏をちょろちょろと進み、老朽化の著しいマッサージ店の壊れた塀の穴を潜り抜けた。

「……ここを通り抜けたの？」

「こっち、早く早く」

ミーに続き、氷川とクックは潜り抜けられる。けれど、イワシやメヒカリ、シマアジたちには無理だ。

「……あ、姐さん、ここで破壊工作は控えたいのですが、緊急事態です。見ないふりをしてください」

イワシやメヒカリは壁を爆破しようとしたが、氷川は血相を変えて止めた。

「駄目、行き先はわかっているんでしょう。ミーちゃんのママが心配だから先に行く。すぐ追いかけてきて」

「……あ、姐さん、鉄砲玉、絶対に鉄砲玉根性を出さないでくださいーっ」

壁の穴から聞こえるイワシの絶叫を割れたアスファルトの地面に埋め、氷川は女児たちとともに今にも倒壊しそうな家屋の間を進んだ。なんというのだろう、場末感が凄まじい。すえたような臭いもひどかった。

「ここ、ここでちゅ」

一瞬、廃屋だと思ったが、ミーはヨチヨチと進む。クックも馴染んでいるらしく、平然と氷川の手を引っ張った。

「……こ、ここなんだね？」

こんなところで暮らしていたら健常者も病人になる、と氷川は心の中で焦ったが、辛うじて顔には出さない。

「ママ、ママ、綾小路メイドちゃまのなかよち。クックの女神ちゃまなの。ホアンお兄ちゃまの女神ちゃまなの」

崩れかけたドアを入った途端、狭いキッチンがついた部屋が目に飛び込んできた。玄関らしきスペースはなく、流し台の隣はドアが壊れた狭いトイレだ。ほかにドアは見当たらないから、風呂や洗濯機はないようだ。

ミーやクックが土足で上がるから、氷川も靴のまま進む。正直、靴を脱いで進むことを躊躇う室内だ。それでも、閉められている窓を開け、風通しを良くする。水道の蛇口を捻って、シンクの隅に転がっていた石けんで手を洗った。

「……失礼します。内科医の氷川諒一です。どうされましたか？」

氷川は部屋の中央で寝ている女性に優しく語りかけた。傍らには、水を張った洗面器やボウルとともに、食べかけのフォーと薬が散らばっている。おそらく、ミーの母親は自分で不調を治そうとしたのだろう。やつれているが、エキゾチックな美女だ。

「……え……眞鍋のキングの……キングのドクター……綾小路センセイの次のセンセイ……来てくれたのネ……」

「僕を知っているのですか？」

「……眞鍋のキングの女神……ホアンの女神サマは綺麗ネ……」

ダーの幹部の名を聞き、氷川は納得したように相槌を打った。

「……はい、どうされました？」

病人が感染症に罹患していた場合を考慮し、行動しなければならない。

女性の足首にそっと触れ、熱を測る。さらに首にも触れ、確かめた。熱があるかもしれないが、救急車を呼ぶほどの高熱ではない。ただ、安心はできない。ミーとクックは心配そうに覗き込んでいる。

「……あ、頭が痛くテ……クスリ……痛いネ」

「どんなお薬ですか？」

「……ソレ」

震える指で差した先には、闇医者が処方したと思われる薬があった。どのようなルートで仕入れたのか不明だが、明和病院でも取り扱っているジェネリック薬品だ。

「……っ……整腸剤です……」

どうして頭痛を訴える患者に整腸剤を出す、と氷川は震撼したが口には出さない。

綺麗に洗った洗面器に水を張り直した。そうして、水で絞ったタオルで女性の額に噴きでた汗を拭く。

「……ミーを……ミーを助けて……ベトナム……帰れない……帰るトコがないネ……帰ったら奴隷ネ……」

「大丈夫です。今まで栄養も満足に摂らずに働きすぎたのでしょう。ゆっくりしてください」

「……お客、お客サマ、とらないと……ミーが……私の宝物が……お客サマの相手スルネ……今日も……相手シナイと……できるように……」

ミーの母親が身体を売って日々の糧を得ていることはわかった。自身が辛くても、子供のために仕事に出ようとしている。好きで身体を売っているわけではない。すべては生活と子供のためだ。

「今日と明日、ゆっくりしましょう。ゆっくりしたら治ります……大丈夫です。今日と明日ぐらいの生活費は僕がプレゼントします」

氷川は感情の波を抑え、額のタオルを替えた。

「……女神サマ、お客サマ？」

「ミーちゃんへのプレゼント……誕生日プレゼントだと思ってください」

氷川はさりげなく財布を取りだすと、ありったけのお札をミーへ手渡した。これぐらいで救えたとは思えない。ただ、母親が身体を癒やすぐらいはできるだろう。今後のことは体調が回復してからだ。

「……女神サマ……本物の女神サマ？　眞鍋のキングも本物のキングだって、ホアンたち言ってるヨ」

ミーの母親が感涙に咽び泣いた時、バンッ、と凄まじい音とともにドアが開いた。サングラスをかけた頑強な男たちがゾロゾロと何人も乗り込んでくる。ベトナム人か、日本人か、国籍はわからない。

「……おじちゃん？　ないない？」

「ママのお客サマ、ナイナイね」

あどけない女児たちを大男たちが無造作に摑んだ瞬間、ミーの母親がベトナム語で叫んだ。

「……っ……」

氷川は声を上げる間もなかった。

薄れていく意識の中、クックとミーの泣きじゃくる声は不可解なぐらい鮮明だった。スキンヘッドの大男がミーの母親を大きな袋に詰めて担ぐ様子も。

あの大男たちにとって女児や女性は荷物だ。

氷川自身も。

5

意識を取り戻した時、氷川は窓のない部屋の床で寝ていた。隣ではミーの母親が苦しそうに唸っている。そばではミーが寝息を立てながら母親に縋りついていた。

「……こ、ここはいったい……どこ……」

氷川が上体を起こすと、周りにいた女性たちが泣き腫らした目を向けてきた。ざっと三十人近くいるだろうか。顔立ちから察するに日本女性ではない。

「……ニ、ニホンジン？」

擦り切れた下着姿の女性にたどたどしい日本語で問われ、氷川は大きく頷いた。

「はい」

「……オトコ？」

「はい、男です」

「……オンナ、オモッタネ。キレイネ」

髪に大きな花をつけ、女性用のアオザイを身につけているから、性別を間違えられても仕方がないのかもしれない。そばには氷川とよく似た背格好の美女がいた。暴力を振るわれたらしく、細い腕には痛々しい殴打の痕がある。

「これはいったい？」

氷川が改めて周りを見回すと、クックを膝で寝かせている妖艶なベトナム美女と視線が合った。

「……あ、眞鍋の女神サマ？　眞鍋のボスの女神サマネ？　ホアンの女神サマ？」

その呼び名には覚えがある、と氷川は物音を立てずに近寄った。

「……眞鍋の橘高清和とダーのホアンくんは知っています」

氷川が声のトーンを落として言うと、艶めかしいベトナム女性は快活に名乗った。

「……眞鍋のボスと女神サマ、何度も見てル。クックのママよ。リエン」

「……あ、あぁ、クックちゃんのお母様のリエンさん……」

つい先ほど、愛らしい女児の口から、ベトナム語で蓮という意味を持つ名を聞いたばかりだ。メヒカリも口にしていた名である。

「女神サマ、巻き添えネ」

リエンに陰鬱な顔で言われ、氷川は形のいい眉を顰めた。自分が大きな袋に放り込まれ、荷物のように運ばれたことはなんとなくわかっている。

「いったい何があったのでしょう？」

窓がない部屋だが、トイレや風呂に続いているらしいドアはある。二段ベッドが幾つも並んでいるが、どこかの収容所のような造りだ。ただ、大きな化粧台はあるし、化粧品やへアケア製品は豊富に揃えられている。ローテーブルにはベトナムの飲み物やお菓子が載せられていた。

「アレ、デビル、アノ五星会ネ。長江組系売春組織のアジト。アタシも女神サマも不法滞在者だとミスされてさらわれたノ」

リエンが何を言ったのか、氷川は頭では理解したが、心では理解できなかった。あってはならないことだ。

「……な、長江組系列の売春組織に僕やリエンさんは誘拐されたのですか？」

あの時、いきなり、乗り込んできた大男たちは長江組系列の売春組織の男たちだったのか。

長江組のえげつないやり口は折に触れて聞いているが、ここまで外道だったのか。

全国津々浦々、勇名を轟かせた長江組の大原組長は知っているのか。

氷川は愕然としたが、リエンは冷静に受け入れていた。

「そうヨ。アタシはホアンに言われて、クックを迎えに行く途中ダタ。仲良しの不法滞在者とお話ししていたらオオキナ車に押し込まれたネ。ミンナ、可哀相な子なのヨ。ミンナ、ビンボウ」

長江組系列の売春組織はベトナム人を人間だと思っていない、とリエンは言外に匂わせている。

「……長江組系売春組織は不法滞在者を誘拐して、売春させているのですか?」

氷川は周囲の女性たちをさりげなく見た。若くて綺麗な女性もいれば、だいぶ歳を重ねた女性もいる。組織に逆らって痛めつけられた痕がある女性もいるし、諦めているような女性もいた。すべてに絶望したような目が切ない。

「不法滞在者、逃げるところナイネ。不法滞在者、何してもイイ、思っているネ。眞鍋のボスはデビルに怒ったネ。眞鍋のボス、優しいネ。あんなに優しいボス、ナイナイね」

「長江組系列の組織はそんな非道を……惨い……」

「ショウクン、袋にポイされた女の子たくさん助けて、デビルやっつけてくれたネ。竜仁会の幹部に怒られたネ。ひどいヨ」

リエンの言葉は清和が誤魔化そうとしていたことを連想させる。あの時、ホアンは涙声でショウを庇っていた。

「……あ、それ……ショウくんが長江組系の誰かを半殺しにしたとか、なんだとか言っていた……」

「眞鍋のカッコイイボス、日本のキングなったら、なくなるネ。眞鍋のボス、日本のキングなってヨ」

リエンに真摯な目で迫られ、氷川は言葉に詰まってしまう。

確かに、清和が裏社会を統一すれば、こんな非道は決して許さない。だが、愛しい男を裏社会の頂点に立たせたくない。

「眞鍋のボス、日本のキング、やめたら、長江のデビルひどくなったネ。日本のキングになて」

清和が裏社会のボスの座を辞退したから長江組系の非道が増えたのか。これが宋一族の幹部が口にしていた弊害なのか。

「……そ、それは……」

「眞鍋のボス、日本のキングになて。日本のキングにしてネ」

「……そ、それとこれとは……」

氷川は曖昧な言葉で濁そうとしたが、リエンは悔しそうに極悪な長江組系組織の手口を明かした。

「さっき、話を聞いたヨ。ベトナムで日本人とラブして、日本に来たら恋人がナイナイ。ここで身体を売らされてル」

リエンが差した先には、日本人男性なら一目で心を奪われそうな美女がいた。日本女性にはない魅力の持ち主だ。それ故、ターゲットになったのだろう。氷川と目が合った瞬間、綺麗な目から涙が溢れだす。

「……そ、それは最初からそれが目的の詐欺でしょう」

「ほかにもイタけど、殺された、テ」

「……え？」

「女神サマ、男だとバレたら工場。奴隷ネ。デビルは奴隷たくさん欲しいネ」

ベトナム女性だけでなく男性も拉致され、強制労働させられているようだ。ホアンが語っていた奴隷のように働かされる日々が脳裏を過る。在りし日、ホアンは一瞬の隙を突き、逃げだしたという。警察やボランティア団体、ベトナム大使館は助けてくれないと語った。

「力を合わせて逃げましょう」

……大丈夫、清和くんが助けてくれる。

助けて、と氷川は心の中で正義を愛する男を呼んだ。残虐無比な鬼畜と畏怖されている極道だが、性根は真っ直ぐで優しい。

「ソレ、今までヤた。バレた。みんな、殺された。クックとミー、いるから殺されたくないネ」

リエンは愛し子がいるから慎重だ。

「クックちゃんとミーちゃんは必ず、守ります……とりあえず、諦めるのは早いです」

「女神サマ、眞鍋の女神サマだとバレたら戦争」

「……大丈夫です。なんとかなるでしょう。なんとかなる……あ、ミーちゃんのお母様に水分……」

氷川が呼吸の荒いミーの母親に近づくと、リエンは思いだしたように手を打った。

「……あ、女神サマ、センセイね」

「はい。ミーちゃんのお母様、静養していれば回復すると思っていたのですが」

「ミーのため、いやなお客の相手したネ。いっぱいしたネ。ほかに仕事、ないネ。麻薬の運び屋、泥棒、いやネ」

売春婦か、麻薬の運び屋か、泥棒か、不法滞在者の生きる手段は限られている。氷川は堂々と生きられる道を与えたかった。

しかし、少し言葉を交わしただけで難しいとわかった。ベトナムで幸せに暮らすことができていれば、わざわざ法を犯してまで来日しない。また、無理をして来日したりはしない。

この場にいるベトナム女性の境遇は様々らしいが、それぞれ、幸薄い過去を背負っているようだ。

咳き込んでいる美女に救いを求められ、氷川は棚に置かれていたハス茶でうがいをさせた。スタンドのライトを近づけ、注意深く喉を診れば、赤く腫れ上がっている。

「……あ、痛むでしょう。喉を酷使しては……えっと、喋ってはいけません。トローチを……ない……えっと、蜂蜜でもあれば……あ、喉にいい飴はないかな？」

ほかにも喉の痛みを訴える女性が何人も目の前に並び、氷川は室内が乾燥していることに気づいた。

「……加湿器はありませんか？　……あ、ポットでも……ポットはありますね」

氷川がリエンに通訳してもらいながら加湿対策をしていると、重厚なドアが鈍い音を立てて開いた。ジャックナイフや日本刀など、凶器を手にした剛健な男たちが団体で現れる。

「……ひっ」

リエンを始めとする女性たちは一様に身体を竦(すく)ませた。不幸中の幸い、クックとミーは夢の中だ。

氷川も具合の悪い女性のそばで息を潜める。ここで男だと発覚しても、眞鍋組二代目姐(あね)だと発覚しても危険だ。

スキンヘッドの大男は尊大な態度で、ベトナム女性たちに言い放った。

「仕事だ。死にたくなきゃ、仕事をしろ。素直に仕事をしたら悪いようにはしない。女は素直が一番だぜ。素直になりな」

赤毛の男がタブレットの端末を見ながら、ベトナム女性を選んだ。ピンク色に髪の毛を染めた男が女性たちを一ヵ所にまとめる。どうやら、顧客から指名が入った女性を連れだすらしい。

「……こいつ、絶対に沢口(さわぐち)ジジイの好みだ」

むんずっ、と陰険そうな男に腕を摑まれ、氷川は背筋が凍りついた。ここで抵抗したらどうなるか。従ったほうがいいのか。氷川には皆目、見当がつかない。けれども、少し空気が違う。

……あれ、と氷川が思った瞬間。

姐さん、ここはおとなしく従ってください、と陰険そうな男に耳打ちされた。そうして、気づいた。陰険そうな男がシャチであることに。

「……このまま僕を逃がしてくれるの？」

氷川が小声で尋ねると、シャチも低く絞った声で答えた。

「沢口は関係者、イワシとシマアジとメヒカリが侵入しています」

課報部隊随一と称えられた凄腕がいれば、早くも二代目姐救出の手立ては整えられている。氷川はこのまま従うだけでいい。

だが、氷川は立ち上がることができなかった。

「ここにいるベトナム女性はどうなる？」

「それは後で」

自分が逃亡した後、残されたベトナム女性たちはどうなるのだろう。今後の見せしめのために激しい折檻を受けるのではないだろうか。氷川は想像することさえ恐ろしかった。

「今、一緒に助けてほしい」

「無理です。眞鍋と長江の戦争になる」

シャチに注意されるまでもなく、眞鍋組と長江組の緊迫した関係は理解している。己が手打ちの場に同席した眞鍋組二代目組長の姐であることも。

「戦争にならないように助けて」

氷川がシャチの服の裾を摑んだ時、スキンヘッドの大男が怒鳴った。

「……おい、そこ、何をやっている。言うことを聞かないなら始末しろ」

ビシッ、とスキンヘッドの大男はこれ見よがしに手にしていた鞭をしならせる。それだけで震えるベトナム女性がいた。

「この女、今日、捕まえたばかりでしょう。教育すれば使える。始末するには惜しい上玉です」

シャチが化けた男の声音で言うと、スキンヘッドの大男は鞭を遊ばせながら距離を詰めた。

「……お？　ベトナム人にしては色が白い……日本人か？」

「ハーフかもしれませんね。どっちにしろ、金になります。始末するのはもったいない」

姐さん、わかってください、とシャチに宥めるように耳元で囁かれ、氷川も激しく揺れた。しかし、咳き込む女性や高熱で魘されている女性がいる。クックやミーも目覚めれば、どうなるかわからない。

たぶん、長江組系列の売春組織にとって、年端もいかない女児も商品だろう。清和を筆頭とする眞鍋の男たちが激憤している長江の悪行のひとつだ。

「全員、解放しなさい」

知らず識らずのうちに、氷川の口からポツリと零れた。

「……おい、女、痛い目を見ないとわからないのか？」

バシバシバシッ、とスキンヘッドの大男は鞭を振り回す。先ほどから鞭のトラウマに苦悩していたベトナム女性はとうとう失神した。

それでも、氷川は怯まなかった。一度振り上げた拳を下げたら終わりだ。最も苛烈な悲劇の幕が上がるだけ。

「恥を知りなさい」

「……はぁ？」

「君が人であるならば、即刻、この場にいる女性を解放しなさい」

氷川が毅然とした態度で言い切ると、周りにいたベトナム女性たちは悲鳴を漏らした。

リエンは生気のない顔で愛娘を抱き締める。

「どこの馬鹿が紛れ込んだ？」

「いきなり拉致され、監禁されました。君たちの罪は明白、法の裁きを受けてください。これ以上、罪を重ねてはいけません」

「あのな、ここにいる女たちも犯罪者だ。ここを出たら強制送還だぜ」

スキンヘッドの大男が馬鹿らしそうに笑い飛ばせば、赤毛の男やピンク色に髪の毛を染めた男たちからも失笑が漏れた。

「ここにいるより、明るい未来があるでしょう。彼女たちが明るい明日を信じられるように取りはからいます」

「痛い目に遭わせるしかないな……おい、女ども、よく見ておけ。逆らったらこうなるからな」

スキンヘッドの大男はこれ見よがしに鞭を振り上げた。これから見せしめの鞭打ちが始まる。

対象は真っ向から反抗した氷川だ。

けれど、鞭は振り下ろされなかった。

スキンヘッドの大男は下卑た笑みを浮かべ、愛娘を抱いているリエンに鞭を押しつける。

「……おい、新入り、ここがどういうところか教えてやる。この逆らった女が素直になるまで鞭で打て」

こともあろうに、スキンヘッドの大男はリエンに氷川を鞭で打つように命令した。過去にも同じことがあったらしく、殴打の痕が凄まじいベトナム女性は自身の身体を抱き締めて涕泣した。周りの女性たちも涕涙で頬を濡らしている。

リエンは鞭を押しつけられ、人形のように硬直していた。

「……おい、新入り、そのガキを鞭打ちにしたいのか？　……あぁ、そのガキに鞭を使わせればいいのか。今から仕込めばいい鞭使いになるかな。さっさと起こせ」

スキンヘッドの大男による脅迫は、リエンだけでなく幼い女児にも及ぶ。あちこちから啜り泣きが漏れ、シャチに視線で急かされる。姐さん、ここはおとなしく従ってください、と。

氷川は血の気のないリエンに聖母マリアを意識して微笑みかけ、優しく手を握る。何が起こっているのかも知らず、安らかな寝息を立てている女児も優しく撫でた。そうして、しおらしい態度で詫びた。

「申し訳ありません」

氷川の謝罪により、スキンヘッドの大男の態度は一変した。周りにいる男たちの目の色も変わる。

「そうだ。それでいいんだ。最初から素直でいたら、俺もこんなことは言わずにすんだ。素直でいるんだ」

スキンヘッドの大男はやたらと『素直』を連呼したが、マインドコントロールの常套句のひとつだ。モラハラ上司や最低教師、毒親の定番セリフである。心身を壊した患者を診察し、氷川は剣のように突き刺さる言葉に困惑したものだ。スキンヘッドの大男のマインドコントロールに縛られているベトナム女性は多い。

「……はい。申し訳ありません。暴力は嫌いですが、行使させていただきます」

氷川は素速い動作で茫然自失のリエンから鞭を奪うと、スキンヘッドの大男目がけて振り下ろした。バシバシッ、と。

「……う、うおっ？」

スキンヘッドの大男が驚愕で体勢を崩した瞬間、氷川は全精力を振りしぼって叫んだ。

「イワシくん、シマアジくん、メヒカリくん、作戦変更です。ピンク色の髪の子はバカラくんでしょう。今すぐ、彼女たちを救いなさいーっ」

眞鍋組名物が炸裂するや否や、鋼鉄製のドアの前でジャックナイフを構えていたピンク色に髪を染めた男が喚いた。彼は一流の情報屋と認められているバカラだ。

「白百合の核弾頭ーっ」

シュッ、とバカラが投げたジャックナイフが赤毛の男の肩に突き刺さる。

間髪入れず、シャチがスキンヘッドの大男の腕をねじ上げ、気絶させた。

重厚なドアの向こう側から、サングラスをかけたシマアジやメヒカリが現れる。目にも留まらぬ速さで、長江組系列の売春組織の男たちを倒していく。

圧倒的な強さだ。

「姐さん、今のうちに」

いつの間に忍んでいたのか、背後にイワシが守るようにいる。

シャチやシマアジたちは、騒ぎを聞きつけ武器を手にやってきた男たちを失神させた。必ず、一撃で仕留めるから見事だ。

「イワシくん、彼女たちを全員、避難させるまで僕は動かない。病人もいるんだ」

氷川が険しい顔つきで拒むと、イワシはこの世の終わりに遭遇したような表情を浮かべた。

「戦争したいんですか？」

「病人を置いてはいけない」

咳き込んでいた女性の中、すぐに検査を受けさせたい女性がいた。取り越し苦労かもしれないが、どうにもいやな予感がする。

「姐さん、頼む。バレないうちに逃げましょう」

「彼女たちと一緒です。全員、助けなさいっ」

氷川が意志の強い目で凄むと、リエンが愛娘を抱きながら口を挟んだ。

「女神サマ、ありがとうネ。ここまでしてくれたら大丈夫ヨ。女神サマは先に行ってネ。ホアンも助けてくれるヨ」

リエンの言葉に賛同するように、ベトナム女性たちはわらわらと集まり、いっせいに相槌を打った。

恐怖で慟哭していた女性はリベンジとばかり、売春組織の男たちに飲み物の瓶や化粧品の瓶を投げている。蓮の花のように美しいが、ベトナム戦争を生き抜いた戦士のように勇ましい。

「姐さん、俺のハゲ面積を増やさないでくださいっ」

イワシの髪の毛がハラリ、と抜けているが、氷川の心には小波さえ立たない。

「脱毛症ぐらいで悩むんじゃありません」

「俺のインポを重症化させないでくださいっ」

イワシに凄まじい力で引っ張られ、氷川は渋々ながらも立ち上がった。急かされるまま、血飛沫が飛び交う戦場を後にする。

どこからともなく聞こえてくる銃声に混じり、長江の名前を出して恫喝する声。

「おらっ、長江に逆らってタダですむと思うな」

「長江を敵に回して生きていけると思っとうのかーっ」

女性の甲高い悲鳴とヒステリックな泣き声が耳障りな破壊音とともに警報装置のサイレンで掻き消される。

「イワシくん、ほかにも監禁されている女性たちがいる」

「姐さん、今は考えないでください」

「長江組系列の売春組織……五星会？」

「それも後で……あと少し、頑張ってください」

イワシに支えられ、氷川は突き進んだ。

剛強な男たちが凶器とともに倒れている階段を駆け上がり、ようやく晩夏の風が吹く地上に出た時、氷川の息は乱れに乱れていた。

「……っ……っっ……」

氷川とイワシの行く手に、長江組系列売春組織である五星会の男たちが立ちはだかった。応援を要請したらしく、長江組系二次団体である三星会の構成員たちも柵を作っている。各自の手には拳銃や日本刀など、人の命を簡単に奪う道具があった。

どこかの駐車場らしいが、高い塀に囲まれ、周りの景色が見えない。市街地なのか、住宅街なのか、人口密度の低い田舎なのか、それすらも氷川は見当がつかなかった。

イワシは息を呑み、手にしていた拳銃を構える。

「……あれ……あれやな？　随分、色の白い上玉をゲットしたと思ったら、眞鍋のクソガキをたらし込んだ姐さんやったんやな。おみそれしました」

一目でボス格だとわかる中年男性は、氷川の顔をまじまじと眺めながら言った。すでに素性は悟られている。

「恥を知るなら、自首してください」

氷川が臆することなく言い返すと、イワシは喉の奥を引き攣らせたが、ボス格の中年男性は感服したように唸った。

「眞鍋のはねっかえり、たいした度胸や。大原のオヤジさんが褒めちぎっとったわけがわかるで」

大原組長と直に言葉を交わせる立場ならば、そんなに末端の男ではない。氷川は真正面から睨み返した。

「大原組長はこのような非道を認めているのですか？」

大原組長が鬼畜の所業を認知していたら渡世の評価は低いはず、橘高さんも安部さんも尊敬していない、と氷川は推測していた。

「知るわけないやろ」

ボス格の男はあっさりと明かしたが、まったく悪びれていない。従えている男たちにしてもそうだ。

「大原組長に報告できないことはなさらないでください。長江の名にも大原組長の名にも傷がつきます」

「あんな、自分が何をしたんかわかっとんのか？　長江に戦争をふっかけたんやで？　これは眞鍋のパールハーバーや」

トラトラトラ、とボス格の男は威嚇するように真珠湾攻撃時の電信の暗号を続けた。人間の柵と化している男たちは口々に「開戦」と脅すように呟く。スマートフォンでどこかに連絡する男も多かった。眞鍋の奇襲を受けたと報告しているようだ。

「僕は人の命を預かる医師として行動しました。日本国民の義務として、警察に通報しなければなりません」

僕ひとりでやる、と氷川は闘志を漲らせた。傍らのイワシから生気が失われていくが構わない。

「そこまで頭がイカレとったんか」

「このような非道、放置する大原組長も許せません。僕は医師として大原組長に意見します」

「あんな、長江と竜仁会との戦争の準備をしてから言いなや。姐さんは竜仁会のオヤジさんの顔に泥を塗ったんやからな」

関東の大親分の名を出せば萎縮すると踏んだらしい。極道界の無言の鉄則に反したのは、ほかでもない眞鍋組二代目姐だ。

「せめて、僕が通報する前に、自首してくれませんか」

一度、火がついた氷川の正義感は消えない。

「アホか」

「残念です」

「残念なのはこっちや。せっかく眞鍋と長江の手打ちで、商売できるようになったと安心したのに……」

長江組系二次団体や売春、人身売買組織は、極道としてのメンツより、利益を重視するタイプのようだ。眞鍋と再戦になれば、金儲けに励んでいられない。この場も丸く収め、利益を追いたいのだろう。

「女性たちは全員、連れて帰ります」

「うちの商品や。泥棒はあかんで」

「女性を……いえ、人間を商品扱いしてはいけませんっ」

「おいおい、自分のことを棚に上げたらあかんで。眞鍋の商品はピンからキリまで揃えとう。あの品揃えはえげつない手を使わなできへんで」

眞鍋組も似たり寄ったりの手口を駆使していると言わんばかりの口ぶりに、氷川の身体に流れるすべての血が頭に集まった。

「眞鍋はヤクザですが、君たちのような非道はしません」

僕の清和くんはそんなことはしない、と氷川は胸中で断言した。そうでなければ、ホアンたちがあんなに清和を推したりはしない。

「二代目が知らんだけで下はやっとうやろ。どこもきついんや。うちもできるもんなら生活保護を申請したいんや」

周りの男たちも全員、同意するように、追い詰められた目で相槌を打った。仁義でメシは食えない。

「眞鍋はリキくんや三國祐くんが目を光らせています。無能な長江と一緒にしないでください」

氷川が声高に言い放つと、居並ぶ男たちは凶器を構え直した。カチ、と今にも発射しそうな若い男もいる。

「……なんやて？　いくらなんでも言いすぎちゃうか？」

利益を追求する男でも、長江を罵倒されたら憤慨するようだ。明らかに、周りの空気が変わった。

「即刻、今日あったことをそのまま大原組長に報告してください。僕も医師として大原組長に連絡を入れます」

出るところに出て勝負、と氷川は挑むように続けた。傍らのイワシが今にも鼻血を垂らしそうだが気にしない。

「話にならへんけど、リピートするわな。眞鍋の宣戦布告やで。姐さんが長江にケンカ売ったんやで」

ボス格の男が照準を氷川の眉間に定めた時、地下から頬に傷のある男が息せききって飛びだしてきた。

「大変です。三星会総本部がインドの奴らに爆破されましたーっ」

「なんやて？」

「大至急、三星会総本部に戻ってください。後はこちらで対処します」

ほんの一瞬で、人間の柵と化していた長江組系三星会の構成員たちは去っていった。駐車場に停めていた車もあらかたなくなる。

一瞬の沈黙の後。

頬に傷のある男は残った売春組織の関係者を一網打尽にした。これらはすべてあっという間の出来事だ。氷川はイワシに守られ、瞬きを繰り返していただけ。

「……あ、ハマチくん？」

頬に傷のある男が諜報部隊のメンバーだと気づく。かつて藤堂組に構成員として侵入していたやり手だ。

「姐さん、俺とイワシのハゲ面積が広がりました」

ハマチは化けた男の顔で自分の頭部を差した。

「ハマチくん、監禁されていた女性たちはどうなりましたか？」

「姐さんのご指示通り、シマアジやメヒカリたちが助けました。バカラは特別手当を要求するそうです」

ハマチの報告を肯定するように、イワシが隣からスマートフォンを差しだした。モニター画面にはワゴン車内にいるベトナム女性たちが映しだされている。クックは目覚めたらしく、母親の膝にちんまりと座っていた。イワシがスマートフォンを操作すれば、別のワゴン車内も映しだされる。咳き込んだ女性たちは同じ広い車内に集められているし、ミーは横たわった母親にべったりと張りついていた。

安堵(あんど)の息をついたが、これで終わったわけではない。

「ハマチくん、大原組長のところに連れていってください」

氷川の目的は説明しなくても通じたらしく、ハマチは真っ青な顔で答えた。

「大原組長は神戸(こうべ)ですし、アポイントメントもなく会えません」

「アポイントメントを入れて」

「姐さん、とりあえず、乗ってください」

ハマチは問答無用とばかり、駐車場に停まっていた黒の特別仕様のワゴンに促した。すかさず、イワシがドアを開ける。

ゆったりとした座席には火葬場に運ばれる亡骸(なきがら)がいた。……否、眞鍋組の参謀がいた。

「……あ、祐くん？　こんなところに来ちゃ駄目でしょう。寝ていなさい」

今すぐにでもＩＣＵに叩(たた)き込(こ)みたいやつれっぷりだが、不可解なぐらい端麗な美貌(びぼう)はキープしている。魔女と恐れられる所以(ゆえん)だ。

「眞鍋名物の核弾頭爆発により、おちおち寝ていられません。また今回も華々しくやってくれました」

よりによって、三星会と五星会相手に、と祐はどこか達観したように続けたが、普段の覇気はまるでなかった。極限状態を遥かに超している。

「嫌みを言う気力があるなら、大原組長にアポイントメントを入れてほしい。この際、直接、抗議するしかないでしょう」

氷川はきつい声音で言ってから、後部座席に腰を下ろした。瞬時にイワシが物凄い勢いでドアを閉める。

「姐さんがどんなに奮闘しても売春や人身売買は続くでしょう」

「僕が直に大原組長にアポイントメントを入れる」

氷川が通信機器を求めて手を差しだしたが、祐はいっさい応じなかった。運転席のイワシは声もかけずに発車させる。ハマチは後始末をするらしく、扮装した姿のまま駐車場に残った。

なんの妨害もなく、イワシがハンドルを操る車は駐車場を出る。周囲は草木に囲まれ、時折、工場らしき建物が見える辺鄙な場所だった。ベトナム女性が脱出しても、駆け込む交番や役所はないし、コンビニやガソリンスタンドも見当たらない。そもそも、人が歩いていなかった。背の高い野草の間で見つけた生き物は野犬だ。氷川が知らない景色の中、イワシはアクセルを踏み続けた。

「そんなに売春や人身売買に反対するなら、どうして二代目の裏社会統一に反対されたのですか?」

祐に詰るように問われ、氷川は眦を吊り上げた。

「だから、嫌みを言う体力をほかに回そう。あの非道を知った以上、僕は見逃せない」

考えたくないが、被害者はもっと多いはずだ。ほかの部屋にも拉致された女性がいたに違いない。

「生憎、嫌みではありません」

「じゃあ、なんでもいいから、大原組長に会おう」

どんな組織でもそうだが、往々にしてトップに話を通さないと問題は解決しない。言い替えれば、話をトップにこぎつけるまでが難しい。大組織になればなるほど、悪しき弊害は顕著だ。

「二代目の面目を潰した挙げ句、戦争するおつもりか?」

「警察に通報する」

「浮気以上に姐さんがしてはいけないことです」

今さら極道の妻としての心得を聞きたくはない。

「……なら、速水俊英先生に仕事として依頼する。ホームズを名乗るのだから、正義感は強いと思う」

氷川は意を決し、風変わりな天才外科医の名を口にした。諸刃の剣でもいいから使える剣を使うしかない。

一瞬、魔女から仮面が外れたような気がした。

「姐さん、俺もハゲにするつもりですか？」

珍しく、食えない策士が動揺している。類い希な天才外科医に対する複雑怪奇な思いが伝わってきた。

「祐くんも脱毛症？」

「ホームズ先生が登場したら、解決する事件も解決できません。ベトナム女性の被害が大きくなると思います」

「あの俊英先生なら事件は解決できなくても、ベトナム女性は救ってくれると思う。コネもたくさん持っているはずだ」

絶対にこのままにはしない、と氷川は全身で力む。

いつしか、車窓の向こう側に広がる風景が一変していた。人の手によって整えられた自然と、新旧の建物がしっくり融合した街並みだ。どこなのか、氷川は尋ねる気にもならない。

「姐さん、二代目をハゲにしますか？」

「清和くんが脱毛症になったら……ちょうどいい。眞鍋寺だ」

脱毛症が平和な日々へのきっかけになればいい。氷川自身、愛しい亭主と一緒に出家するつもりだ。

「姐さんのブレない強さに感服します。昨夜、姐さんをベトナムのシマに送り込んだ俺のミスです」

「ミスじゃない。お導きでしょう」

氷川は瞼に残る高野山を意識して両手を合わせたが、霊験あらたかな経は聞こえてこない。運転席から落ち武者の断末魔の声が漏れただけだ。

「姐さん、俺にできることは何もありません。あとは姐さんにお任せします」

祐が艶然と微笑むと、イワシがハンドルを握る高級車は高い塀に囲まれた大邸宅の門を潜った。立派な造りの玄関前の車寄せで停車する。一目で極道だとわかる男たちが何人も並んでいた。

「だから、嫌みはいい……で、ここはどこ？」

氷川が怪訝な顔で尋ねると、祐は軽く息を吐いた。

「嫌みではありません。大原組長より、話をしなければならない相手がいらっしゃいます」

その前に着替えてください、と祐は用意していた氷川用の衣類を一式、差しだしてから下りた。

氷川はアオザイから白いシャツと淡い色合いのスーツに着替える。ネクタイを締め、髪の毛を撫でた。

身なりを整えてドアを開けようとした。

その途端、玄関前に立っていた頑健な男が氷川のためにドアを開ける。古めかしい仁義を魂に刻んでいるような極道タイプだ。

「ありがとう」

氷川が礼を言いながら下りると、趣のある日本庭園の草木が歓迎するようにざわめいた。番犬らしきドーベルマンはいっさい吠えない。

「姐さん、お待ちかねです」

促されるがまま、氷川は祐と一緒に風格を感じさせる日本家屋を進んだ。今時、これだけの純和風邸宅を維持するのも大変だろう。

いったいどこのお金持ちだ、と氷川は心の中で考えたがひとりしか思いつかない。

案の定、通された広い和室では竜仁会の会長が幹部とともに玉露を飲んでいた。桐の卓には長江組系三星会や長江組系売春組織の五星会、ベトナム・マフィアのダーのデータがある。何が勃発したのか、すでに把握しているようだ。

氷川は祐とともに畳に手をつき、頭を深々と下げた。

「お〜っ、綺麗な姐さん、堅苦しい挨拶は抜きじゃ」

竜仁会会長に手招きされたが、氷川は礼儀正しく挨拶をした。

「会長、ご無沙汰しております。日頃、眞鍋がお世話になっております」

茶菓子を摘まみながら世間話をしている暇はない。氷川は直感で察したから、あえて眞鍋の名を出した。

「あ～っ、あ～っ、姐さんや、やりおったのぅ。たまげたわい」

竜仁会会長は心底から驚いたらしく、傷跡の残る手を大きく振った。周りの幹部たちは苦虫を嚙み潰したような顔だ。

「会長、長江組の大原組長に大至急、お会いしたい。連絡を取ってくださいませんか」

氷川が臆せずに切り込むと、関東極道史を背負ってきた大親分は噎せた。

「……ごっ、ごほっ……おったまげた。大原組長に会ってどうする気じゃ？　詫びか？」

謝罪して開戦を回避させる気か、と周囲の幹部たちも視線で尋ねてくる。勇名を轟かせた極道たちとは、根本的に相容れないのかもしれない。

「謝罪しなければならないのは大原組長です。長江組系列の売春組織による非道、断固として許せません。告発します」

氷川が糾弾するように言うと、竜仁会会長を筆頭に修羅を潜り抜けてきた極道たちは息を吞んだ。

「……あ～っ、大原組長は知らんと思う。今回の奴らは長江組系第二次団体じゃ。上納金が納められないぐらい困っているみたいじゃな」

　竜仁会会長が長江組のトップの肩を持っていることは火を見るより明らかだ。大原組長だからこそ、統べているという称賛も含まれている。

　だが、氷川は白皙の美貌で一蹴した。

「大原組長はそんなに無能ですか」

「あ～っ、それ、それな。わしも人のことは言えん。ここまで大きな組織になるとなぁ、いろいろ大変でなぁ」

「末端がどんなに苦しいのか、大原組長は気づきもせずに口先だけで仁義を切っているのですか？　それが本当の仁義ですか？」

　長江の看板を借りるならば、上納金を納めなければならない。しかし、長江の上納金はべらぼうに高いし、表向き、仁義に外れる非道はできない。それでも、長江の名には力があるから手放したくない。長江組系暴力団や組織にも凄絶な葛藤がある。

　長江組三星会は資金繰りが苦しくなり、五星会という売春組織を作った。五星会は極道の看板を掲げてはいないが、長江の名を利用している。巧みに使いわけ、利潤のみを追求していたのだ。

「痛いところを衝くのぅ」

「大原組長に末端が苦しい台所事情を告げられないのは、大原組長に非があるのではないですか？」

大原組長の顔色を窺うあまり、苦しい事実を報告できない舎弟たちが瞼を過る。報告できないようにした大原組長にも責任があるだろう。もっと言えば、風通しを悪くした大原組長の責任だ。

「……うおっ」

関東の大親分は美貌の内科医の猛攻に驚愕し、腰を浮かせた。夢想だにしていなかったらしい。

「部下を服従させる上司は無能ですし、部署も会社も潰します。ヤクザに限った話ではありません」

部下に偽報告をさせるような上司は無能の極みだ。部下が勇気を振りしぼって告げても、「はぁ〜っ?」と返す上司も最低極まりない。結果、部下は嘘に嘘を重ね、心身を病んで崩れていく。退職した後、泥沼がさらなる泥に塗れるだけだ。泥沼でも美しく咲き誇る蓮の花が出現する奇跡はない。

「……うぉぉぉぉ〜っ」

「大原組長が責任を取り、組長の座を退き、長江組を畳んだらどうですか? 今の長江はマフィアより鬼畜な組織ではありませんか?」

氷川の史上最大の爆弾投下により、竜仁会会長の息の根が止まった。……かのような顔色だ。竜仁会の幹部たちは一様に置物と化し、床の間の不動明王像となんら変わらない。

ただひとり、氷川の隣にいる眞鍋組の参謀は優艶に微笑んでいた。

「今日、僕が実際に見聞きした組織に長江の仁義はいっさい感じられませんでした。ここまで腐敗させたのは誰の責任でしょう。大原組長の責任も大きいのではないですか？」

氷川の悲憤は鋭い矢となり、関東の大親分を突き刺した。

「……たいしたもんだ」

「たとえ、僕が八つ裂きにされても許せない。会長も同じ気持ちでしょう。そういう会長でなければ、僕の清和くんも橘高さんも安部さんも桐嶋さんも心酔していません」

氷川は愛する男が尊敬している極道を信じた。眞鍋の化石コンビより遠い時代を懐かしんでいるはずだ。

「……あ～っ、わしも惚れた」

竜仁会会長に甘い声で囁くように言われ、氷川は筆で描いたような眉を顰めた。

「誤魔化さないでください」

「本気じゃ。わしも姐さんに惚れたぞ」

竜仁会の会長が感嘆の意を漏らすと、幹部が見計らっていたかのように唐獅子が描かれた襖を開けた。

畳に手をつき、頭を下げている頑強な男たちがいる。中心にいるのは、氷川の命より大切な眞鍋の昇り龍だ。眞鍋の虎（とら）や橘高、安部といった重鎮たちだけでなく、桐嶋組初代組長の桐嶋元紀（もとき）や白いスーツ姿の藤堂和真（かずま）までいる。さらにベトナム・マフィアのダーのボスと幹部のホアン、インド・マフィアのガネーシャのボスまで揃っていた。

氷川が驚愕で目を瞠（みは）ると、傍らの祐はシニカルに口元を緩める。何か言いなさい、と命を捧（ささ）げた男に視線で指示しているのだ。

清和は顔を上げると、低い声で堂々と宣言した。

「自分も惚れています」

清和が恋女房への愛を口にするや否や、ホアンが涙に濡れた目で捲（まく）し立（た）てた。

「眞鍋の女神サマ、僕もラブ。大恩人ネ。ベトナムの子、助けてくれた。あのままだったら殺されていたヨ。女神サマはなんも悪くないネ。長江はデビル。ひどいヨ。眞鍋のボスが、大ボスやめたらひどくなったネ」

「……あ〜っ、ホアン、わかっとる。わかっとるから」

「助けてくれたノ、眞鍋のボスだった。眞鍋いなくなったら、ここはデビルの地獄ネ。ダーは眞鍋と女神サマ、応援するネ」

ホアンの意思表明に続き、インド・マフィアのガネーシャ代表も高らかに断言した。

「多くの同胞、長江のデビルに嬲（なぶ）り殺（ころ）された。ガネーシャは眞鍋の若いボスに助けられた。眞鍋のボス夫婦の敵はガネーシャの敵デス」

「これこれ、わかっとる。ダーとガネーシャが暴れたら東京は火の海じゃ。仲良くしようぞ」

竜仁会会長が宥めるように言うと、それまで無言だった祐が初めて口を挟んだ。

「会長、ミスにせよ、姐さんをさらったことは断じて許せません。ただ、長江と一戦交えるのは得策ではない。会長のご人徳にお縋り申し上げます」

眞鍋は長江と抗争したくない。それでも、謝罪する気は毛頭ない。長江が穏便にすませるのならば、眞鍋組二代目姐に手を出した責任は追及しない。

祐がすべて口に出さなくても、老練な極道にはすべて通じたようだ。

「祐よ、わしも長江の人身売買には腸が煮えくり返っておったんじゃ。腹を括って、大原組長と話し合う」

「どうか、よしなに」

「長江を極道の恥にはしとうないな」

関東の大親分の嘆息は昔気質の極道全員の総意だ。

これから修羅の世界がどう流れていくのか、氷川には見当もつかない。ただ、風向きは変わったような気がした。

言葉がいらない空気とはこういうことか。言葉が邪魔になる場とはこういうものなのか。

6

誰も言葉を口にしない。

誰もが無言のまま、関東の大親分の前から下がった。それでも、ホアンが耐えられなくなったかのように氷川の前で跪いた。

「女神サマ、僕は女神サマの舎弟デス。ダーも女神サマの舎弟デス。そう思ってネ。ベトナムの子、助けてくれてありがとうネ」

ホアンの隣ではダーのトップが同じ姿勢で氷川に忠誠を誓う。どちらも、元々は長江の人身売買の被害者だ。

「ホアンくん、クックちゃんやミーちゃんや体調を崩していた人たち、全員、無事ですか？」

氷川が心に突き刺さっている棘について尋ねると、ホアンは涙を拭いながら答えた。

「みんな、保護したネ。みんな、平気ネ」

「よかった」

「クックもミーもちんちん欲しがって大変ネ」

ホアンの声音からどれだけ愛らしい女児たちが興奮しているのか、容易に想像できる。

「その問題はお母様に任せましょう……で、差し出がましいようだけど、不法滞在者の人たちは……」

母国に帰国できない理由は多々あるだろう。だが、不法滞在という罪を犯していたら明るい未来は難しい。なんらかの手段を取り、それぞれ、幸せな明日に進んでほしかった。

「うん。話し合うヨ」

「信用できるボランティア団体はあるし、正義を守る警察官も外交官もいる。僕にできることがあれば協力するから」

清水谷学園大学の縁を頼ればなんとかなる、と氷川は真摯な目で続けた。

旧制中学時代の校風に浸かった生粋の清水谷ボーイならば、なんとかならなくてもなんとかしてくれるだろう。

「ありがとうネ。また遊びに来てネ」

ホアンと再会を約束してから、氷川は清和とともに黒塗りのジャガーに乗り込む。リキと祐はダーやガネーシャのボスと話し合ってから続いた。

イワシが運転席に腰を下ろし、一声かけてから発車させる。

ダーのボスと幹部、ガネーシャのボスは見送りだ。どうもこれから、竜仁会の幹部と交渉があるらしい。あえて眞鍋は介入せず、今後を竜仁会に任せるのだろう。

車内は、意外なくらい爽やかな空気に包まれている。

氷川は隣に座っている愛しい男を横目で見た。

敵わない、と不夜城の覇者の胸中がひしひしと伝わってくる。

氷川は愛しさが込み上げ、そっと大きな手を握った。一瞬、驚いたようだが、力強く握り返してくれる。

氷川は最愛の男の温もりを感じながら眞鍋が支配する街に向かった。……向かっていると思っていたが、成田空港の駐車場で停まった。

「……え、成田空港？」

氷川が胡乱な目で尋ねると、清和が苦渋に満ちた顔で溜め息をついた。

「……すまない」

ヤクザ映画やテレビ番組など、氷川の脳裏に海外に逃亡するヤクザが蘇る。危機的な状況は変わらないのか。

「……ま、まさか、高飛び、とかいうの？　高飛び？」

「……違う」

口下手なトップに焦れたのか、時間が差し迫っているのか、祐は死人の如き顔で口を挟んだ。

「姐さん、京介が高飛びしないように止めてください」

「京介くんが高飛び？」

氷川は清楚な美貌を思い切り曇らせた。不夜城で気炎を吐き続ける老舗ホストクラブの絶対的なナンバーワンと逃亡がマッチしない。

「ショウと宇治がジュリアスのホストたちと一緒に止めようとしていますが、無理だと思います。姐さんに縋るしかありません」

元暴走族仲間の眞鍋組武闘派幹部候補が身体を張っても、ゴジラは止められないだろう。眞鍋組二代目組長の言葉も聞き入れないだろうが、二代目姐の引き留めならば効果はあるかもしれない。

「……あ、あぁ、そういえば、京介くんの好きなベトナムスイーツを買っていくっていう話……あ、実のお母様とか？」

京介は洋菓子が好きだと聞いていたが、昨今、アジアンスイーツにも目覚めたという。元々、和洋中問わない甘党だ。

「今、京介を逃したくない。俺たちも説得に加わりたいのですが、長江がどう出るかわかりません。お任せします」

今の時点で長江組と眞鍋組の休戦が破棄され、再戦の火蓋が切られていてもおかしくはない。説明されなくてもわかった。

「わかった。僕は京介くんをなんとかする……すればいいんだね？」

「お願いします。もう京介は姐さん以外では無理だと思います」

氷川は渋面の清和に別れを告げ、急いで車から下りた。イワシは運転をリキと交替し、氷川に続く。愛しい男を乗せた車はあっという間に駐車場から出ていった。護衛についていた眞鍋組関係者の車や大型バイクも。

「姐さん、お疲れじゃありませんか？　おぶりましょうか？」

イワシは桁外れの強行軍に楚々とした日本人形を案じたようだ。背負って空港内を突き進むつもりらしい。

「イワシくん、僕を祐くんと一緒にしないでください」

氷川も疲労を感じないではないが、一刻の猶予もないことはわかった。京介相手ならばなおさらだ。

「では、走ってください。保安検査を通る前に京介を捕獲したい」

「走りますっ」

氷川の威勢のいい声が合図になり、イワシは走りだした。もっとも、人が多いから思うように疾走できない。

それでも、氷川はイワシの背を追った。

床に空港限定スイーツの箱とともに大きなゴミが落ちている。

……いや、ショウや京介の暴走族仲間であるホストクラブ・ダイヤドリーム代表の無残な姿だ。

行き交う人々は若者の悪戯だと避けている気配があった。

「……え？　ショウくんや宇治くんの毘沙門天時代の仲間？　どうしてこんなところに落ちている？」

氷川は助けたかったが、イワシは手を振った。

「ゴジラを怒らせて、やられたんです」

「……あ、宇治くんも落ちている？」

焼きドーナツの箱と半生バウムクーヘンの箱と一緒に、眞鍋組武闘派幹部候補が失神していた。額からだらだら血を流している。

「ゴジラにやられたんでしょう」

よくよく見れば、ベンチで眠るように失神している三人組は諜報部隊の若いメンバーだ。イワシの視線から犯人がわかる。

「……っ……京介くんはどこ？」

「ゴジラにやられた奴らが転がっているからこちらで間違っていません。姥捨山のおばさまが帰り道で息子が迷わないように目印を置いてくれたと思いましょう」

この報告は正しい、とイワシはスマートフォンを確かめながら続けた。日本昔話を引き合いに出すあたり、いろいろな意味でギリギリだ。

「……そ、それを言うなら、まだヘンゼルとグレーテルの石やパン屑みたいな道標」

「……あ、いた」

イワシの視線の先、京介の足にしがみついている眞鍋の特攻隊長を見つけた。すでに吾郎や信司、ホストクラブ・ジュリアスの人気ホストたちも白目を剝いて倒れている。野性的なホストと折り重なるようにして、便利屋の日枝夏目も泡を吹いていた。今までどんな修羅場があったのか、周りを見ればなんとなく把握できる。

不幸中の幸い、京介が移動したのかもしれないが、空港内でも人気の少ないところだから騒動にならなかったようだ。

しかし、いつ、警察官が現れるかわからない。

「ショウ、今度こそ、死ね」

夢の国の王子は地獄の死刑執行人のような顔で、ショウの頭を踏み潰そうとした。すでに血塗れで瀕死の状態だというのに。

「京介くん、駄目ーっ」

氷川が叫ぶや否や、イワシが飛びかかった。

「ゴジラ、それは殺さないでくれーっ」

「ハゲインポ八号、邪魔」

カリスマホストは王子様スマイルを浮かべ、諜報部隊の精鋭に凄まじい回し蹴りを決めた。ドスッ、と。

氷川の足下にイワシの身体が横たわる。

「……きょ、京介くん、いったい何があったの？　どうせ、ショウくんが悪いってわかっているけど、始めから詳しく聞かせてくれないかな？」

氷川は咄嗟に京介の服の裾を摑み、死に物狂いで食い下がった。今までとは質の違う怒気を感じる。

「姐さん、フライトの時間が迫っています」

京介は華やかな美貌を曇らせ、氷川を引き剝がそうとした。けれど、ゴジラっぷりは出さない。

「どこに行くの？」

氷川は根性勝負に挑む覚悟で、京介の服の裾を摑み直した。

「本場のザッハトルテを楽しんできます」

わざわざ空を飛ばなくても、チョコレートケーキの代名詞とも謳われているウィーン銘菓は都内で堪能できる。勤務先への差し入れには、木の箱に収められたザッハトルテが幾度となくあった。

「……ザッハトルテ？　ウィーン？　ウィーン料理なら都内にいい店があるから一緒に行

こう」

「ザッハとデメルとツェントラルとラントマンとモーツアルトのザッハトルテを食べ比べしたいから失礼します」

京介はやんわりと振り切ろうとしたが、氷川はスッポンを念頭に置き、ありったけの根性を振りしぼった。

「……じゃ、僕も行く」

「パスポートをお持ちですか？」

「取りに帰るから送って」

「姐さん、困ります。今日は見送ってください」

京介に呆れ顔で溜め息をつかれ、氷川の黒目がちな目は自然に潤んだ。いつもの京介ではない。それだけは確かだ。

「理由を聞かせてほしい」

「姐さん、泣くのは反則です」

ご多分に漏れず、華麗なるゴジラも眞鍋組二代目姐の涙には弱い。

「王子様が僕を泣かせてはいけません」

氷川が溢れる涙を拭いもせずに言うと、足下で三途の川を渡りかけていたイワシが苦しそうに口を挟んだ。

「……っ……京介……ハゲにはハゲの……インポにはインポの悲しみがあるんだ……女のプロに縋っても仕方がないだろう……」

イワシが言い終える前、死体と化していた吾郎が蘇生術を駆使して続けた。

「……お、お前なら……ハゲもインポも蕁麻疹も……いい手を知っているはず……ハゲもインポも蕁麻疹も辛いんだ……」

「……毎朝、枕に俺の髪の毛が……ごっそり抜けて恐い……毎晩、サメとダイアナのあの夢を見るのが原因か？　どうしたら、あのきっつい夢を見ない？　……お、教えてくれ」

地獄の沼に落ちていた眞鍋組構成員の声が、ショウの人類外の咆吼によって掻き消される。ピクリともしなかった諜報部隊のメンバーは指揮官の名に反応した。

「……ううううう……サメ……思いださせないでくれ……えぐすぎる……本当にヤることないだろ……なんで、アレとヤれるんだ……ばっこんばっこんヤる必要はないだろ……」

京介はこれ以上ないというくらい冷酷な目で、床に累々と転がっている生ける屍を見下ろした。

「姐さん、毎日、ハゲインポ軍団が俺の前で泣き喚く。どうしてくれますか？」

眞鍋の韋駄天が居候しているのは、美麗な幼馴染みのマンションだ。どれだけ眞鍋の男たちが迷惑をかけたのか、氷川は確かめるのが恐い。

「……あ、ごめんなさい。追い返していいから」

「叩き出そうとしても帰らず、吾郎や信司……便利屋の夏目まで一緒にハゲダンスやインポダンスを踊ります。俺は生チ○コを何本も見たくない」

白馬に乗った王子から激烈な瘴気が発散され、氷川の瞼を生まれたままの姿で踊る頑強な男たちが過った。

「……ご、ごめんなさいっ」

「ハゲもインポも蕁麻疹も俺のせいじゃない。原因の奴の前で愚痴ればいいのに、俺の前で泣き喚くから耐えられない」

ゴジラの怒気で成田空港が炎上しそうな雰囲気だ。氷川も激憤する理由がわかるだけに辛い。

「……ま、まさか、それでウィーンに？」

「ザッハトルテのほか、マラコフトルテにエステルハーツィトルテ、カルディナールシュニッテン、アプフェルシュトゥルーデル、ミルヒラームシュトゥルーデル、ハイナーハオストルテ……今の俺を癒やせるのは本場の優雅なウィーン菓子しかありません。姐さんに止める権利はないと思います」

京介は荒い語気で捲し立てると、氷川を振り切って歩きだした。

間一髪、氷川はすんでのところで京介の服の裾を摑む。さらに腕にしがみついた。なりふり構っていられない。

「……あ、あのお気に入りのお店……リヨンのマスターのバターケーキとか、パフェとか、フルーツサンドとか……今の京介くんを癒やせるのはリヨンのスイーツだ。行こう」

父とも慕うリヨンのマスターならば、火を噴くゴジラも癒やされるだろう。思う存分、特製スイーツ尽くしを堪能すればいい。

「ウィーンからパリに渡って、リヨンも回ってくる予定です」

「そっちのリヨンじゃなくてこっちのリヨン。わかっているくせにっ」

「姐さん、どうしても俺を止めますか？」

京介は腕にへばりつく氷川を未だかつてない目で見つめた。おそらく、女性ストーカーに対してでもこんな目は向けない。

「当然です。僕、スッポン」

「随分、綺麗なスッポンです」

「僕は雷が落ちても離れないから覚悟してほしい」

「俺が原因になって長江と戦争になっても止めますか？」

戦争させたいのですか、と京介が揺さぶっていることはわかった。京介自身、激憤と悲憤が入り混じる複雑な思いに駆られているようだ。

「……いったい何があったの？」

「俺が原因で長江と戦争になってもいいなら、俺を止めてください。検査時間が迫っています」

京介が溜め息混じりに見せたチケットを確認した。あとほんの少し、ここで粘ればタイムオーバー。

氷川は光明を見いだす。

「……いいよ。今回、長江には僕もたくさん言いたいことがある。ひどすぎるよ」

氷川が長江組に対する鬱憤を吐露すると、京介は楽しそうに口元を緩めた。

「姐さんの武勇伝がまた増えたと聞きました。イワシやシマアジたちのハゲ面積が広がったそうですね」

早くも京介の耳には本日の出来事が伝わっている。

「いっそのこと綺麗に光ればいいのに」

「眞鍋寺ですか？」

「京介くんならきっと名を残す高僧になる」

氷川には阿闍梨になった京介が容易に想像できる。暴走族やホストより、しっくり馴染んだ。

「俺も出家ですか？」

京介は楽しそうに喉の奥で笑ったが、言いようのない虚無感が漂っている。それこそ、ここで得度しそうな。

「いったい何から逃げようとしている？　ヨーロッパに逃げても解決するような問題とは思えないけれど？」

　氷川が感じたことをストレートに告げると、京介は意表を突かれたらしく天を仰いだ。

「……姐さんには隠せないのかな？」

「こんな京介くんは初めてだし、祐くんや清和くんたちも今までと違った。今日の京介くんは僕が知る京介くんじゃない」

　逃げてどうする、と氷川が腕を引っ張り続けると、華やかな王子は観念したように苦笑を漏らした。

「……俺の実母の我儘です」

　京介の口から飛びだした存在に、氷川は長い睫毛に縁取られた瞳を揺らした。今回は実母が絡んでいると耳にしていたが、本人の口から聞くのとは違う。

「……実のお母様？」

「俺の実母は生まれながらの婚約者がいたけれど恋をして、極秘で俺を産んだ。俺を養子に出した後、何食わぬ顔で婚約者と結婚した我儘マダムです。俺は一度も会ったことがない」

　氷川も眞鍋組二代目組長代行に立った時、元毘沙門天族長のデータに目を通している。実母の実家も嫁ぎ先も驚嘆する名家だった。京介は生まれる前から決まっていた養父母に育てられている。だが、養父母も早く逝ってしまったという。

「……今になって引き取りたい？」

実母を取り巻く状況が変わったのだろうか。たとえ、一度は手放しても、子供は永遠に子供だ。立派に育った我が子を手元に置きたいと思っても不思議ではない。

「ホストとしてテレビに出た俺を見て、利用できると考えたようです。どこかのお嬢様が俺に一目惚れしたそうですから」

京介の刺々しい声音から、実母に対する凄絶な怒気が伝わってくる。足下にいる瀕死の野獣も低く唸った。

「まさか、京介くんを政略結婚の駒にする気？」

「俺は族上がりのホストです。政略結婚の駒にできるような上玉じゃないのに」

京介は自分で自分の経歴に傷をつけたような気がしないでもない。本来、誰もが羨む輝かしい道を進めたはずだ。

「もしかして、京介くんは自分の価値を下げるために暴走族になったり、ホストになったりした……あ、暴走族はショウくんにつき合ったんだよね」

「族に入っておいてよかったと思いましたが、我が儘令嬢が我が儘マダムになり、女王様へと羽化しました」

「お母様の嫁ぎ先は京介くんの存在を知っているの？」

「先月、結婚相手が亡くなったそうです」

京介の実母は夫を亡くし、自由を得たのかもしれない。氷川の眼底に育てられなかった実子をひたすら想う生母が浮かんだ。

「それで結婚前に産んだ子供を引き取りたくなったんだね。きっといつでも心に育てられなかった京介くんがいたんだ」

「姐さんがイメージする母親像を捨ててください。俺の実母は女王様じゃなくて女帝かな。俺を親戚の養子にして、秘書として雇いたいそうです」

京介の言葉には歪みきった主観が入っているような気がしてならない。実母に対する負の思い込みが激しい、と氷川は考えたのだが。

「……秘書としてそばにおいて可愛がりたいのかな？」

「有閑マダムや令嬢が絶賛するホストを連れ回したいんじゃありませんか？　俺に価値があると思ったから引き取りたいのでしょう」

「……え？」

いくらなんでもそれはない、と氷川は言いたかったが言えなかった。脳裏に現代の闇が走る。

「立派な毒親です」

「……あ、毒親……今、いろいろなタイプの毒親についてあちこちから聞こえてくる。毒親に悩まされている医師も多いんだ」

「俺にとって母親は死んだ養母です。女帝じゃない。拒否しました」

京介から亡くなった養母への思慕と実母への怒気が漲る。拒絶しても当然だが、実母は納得できなかったのだろう。

「お母様は諦めてくれなかった？」

「母親の奴隷が長江組を動かしました……あ、奴隷じゃなくて顧問弁護士です。顧問弁護士が交流のある長江組の幹部に金を積みました」

京介の実母が取った手段に、氷川は腰を抜かしそうになった。すんでのところで留まったが、下肢に力が入らない。

「……な、な、長江組にそんなことで依頼？」

京介の実母ならば、長江組を動かせる豊富な資金は持っている。自身が危ない橋を渡らなくても、誰かに指示すればそれでいい。眞鍋組のデータには、京介の実母に忠実な顧問弁護士の名もインプットされていた。世間的には高名な弁護士であり、八重洲の一等地に法律事務所を構えている。先代から京介の実母の実家の援助を受けていたらしい。実母の奴隷、と京介が揶揄する所以だ。

「俺が姐さんの舎弟だと名乗ったから、眞鍋に対抗するために長江のツテを頼ったらしい。馬鹿です」

京介はくだらなそうに鼻で笑ったが、背後には怒髪天を衝くゴジラを中心に毘沙門天や不動明王が浮かび上がる。

「よりによって、長江……」

せめて関東のヤクザだったら、と氷川は心の中で零した。それこそ、竜仁会の会長ならば、上手く鎮めてくれたはずだ。

「長江は金欠に苦しんでいる。実母に取り入り、金を巻き上げるつもりでしょう。上手くすれば実母の実家からも大金を引きだせる」

長江組にとっても、京介の実母の依頼は棚からぼた餅に等しい。上手く関係を築ければ、フロント企業が回している合法的なビジネスでも恩恵を受けられるだろう。どんな手を駆使しても、依頼を遂行したいはずだ。

何より、長江組にとっても京介は戦闘部隊にスカウトしたい強者だった。練りに練った包囲網で襲いかかるに違いない。

「清和くんが知ったら絶対に怒る」

氷川は憤慨する清和に背筋を凍らせた。数多の才能を秘めたホストを高く評価し、欲しがっていたのだ。

「二代目がブチ切れる前にショウがブチ切れました。あれで上手く躱すつもりが、躱せなくなったんです」

　この馬鹿、と京介は床に転がっている単細胞アメーバを蹴り飛ばした。どうも、計画を木っ端微塵に破壊されたらしい。

「ショウくんならそうだろうね」

「姐さん、ここまで話しても俺を止めますか？」

「止める。京介くんがウィーンどころか、南極や北極に逃げても問題は解決しない。大本と話し合いましょう」

　上手く姿を隠しても、余計にこじれるだけだろう。日頃、高級住宅街の常連患者と接しているから見当がつく。上流階級特有の考え方だと決めつけたりはしないが、おしなべて自分の希望が通って当然だと思い込んでいる。非は自分の指示に従わない者にある、と。

「……大本……女帝ですか？」

「お母様に納得していただかない限り、問題は解決しない。その様子だとお母様とちゃんと話し合ったことはないね」

　氷川は京介の態度から実母を徹底的に避けていることに気づいた。おそらく、実の母親に幻滅している。

「あの女帝相手に話し合いは無理です」

　日頃、高慢な女性客を上手くあしらっているホストが実母に匙を投げていた。嫌悪感が異常だ。

「話が通じない相手でも、逃げるだけじゃ問題は大きくなる一方……長江は利害が絡むから大戦争になると思う。ジュリアスのオーナーも潰される……あ、それでジュリアスからも逃げたの？」

氷川の質問に答えようとせず、京介は自分の腕時計で時間を確かめた。

「……姐さん、こんなことをしている間に搭乗時間が過ぎました」

「うん、そうだよ。京介くんが乗る飛行機は行っちゃったんだ。僕と一緒にケーキでも食べて帰ろう」

やった、時間だ、と氷川は胸中でガッツポーズを取った。

「抹茶のティラミスが美味い店があります」

京介には成田空港内にお気に入りの店があるらしい。氷川は満面の笑みを浮かべ、安堵の息をついた。

「じゃ、一緒に抹茶のティラミスを食べよう」

「こちらです」

京介はさりげなく氷川の腕から離れ、王子然として進んでいく。床に点在している生ける屍には一瞥もくれない。

「うん……あ、ショウくんたち……」

「生チ○コダンスメンバーの顔は見たくもありません」

京介の麗しい横顔を見て、氷川は自分の失言に気づいた。

「……ご、ごめんなさい」

「一度、姐さんもあいつらの生チ○コダンスを見てください。二代目はどうして禁止にしないのですか？　シャブより御法度にすべきは、あいつらの生チ○コダンスだと思いませんか？」

女性に夢を売る美形の言葉は、未だかってないぐらい下品で辛辣だ。氷川にしてみれば、飲酒後、必ず生まれたままの姿で天下の往来を疾走する医師を知っているだけに言葉が見つからない。

「……そ、そんなダンスを清和くんが禁止にしなくても……」

「生チ○コに火を点け、ファイヤーダンスにしたら怒りやがる。あんな生チ○コはバーベキューにしていいでしょう」

京介が点火する場面が氷川の眼底にまざまざと浮かび上がる。眞鍋の男たちの断末魔の叫びも耳に木霊した。

「……っ……火を点けちゃ駄目っ」

「姐さんも見ればバーベキューにしたくなります」

「バーベキューにして京介くんが食べるの？」

バーベキューにしてどうする、と氷川は純粋な疑問を投げた。

「生チ○コ焼きは二代目と姐さんに捧げます。過ぎた菜食主義は体調を崩しかねませんから、たまには蛋白質を摂ってください」

夢の王子のあまりの辛辣さに釣られたのか、動揺したのか、定かではないが、氷川の舌は勝手に動いた。

「……も、もうっ……その特製バーベキューはお母様にご馳走したらどうかな？」

「……あれに？」

「いっそのこと、女帝だっていうお母様にショウくんたちのダンスを見てもらえばいい」

京介を守るため、ジュリアスのオーナーも動いたはずだ。女の熟練プロでも説得できなかった女帝には、奇策の効果が高いかもしれない。毒を以て毒を制す、とばかりに毒親に毒で抗戦し、自立に成功した医師や患者がいた。

「……あ～っ、さすが、俺の姐さんです。あれにあの生チ○コダンスを見せて、生チ○コ焼きを食わせたら楽しそうだ。ショウの生チ○コは串焼きで、宇治の生チ○コは鍋で吾郎の生チ○コはグラタン、生チ○コおでんの具はイワシの生チ○コつみれにメヒカリの生チ○コちくわ……生チ○コ料理は奥が深いと思いませんか」

「……も、もう、そんな、京介くんらしくない……え？　京介くん？　どこ？　どこに消えた？」

ほんの一瞬だ。ほんの一瞬で華やかなカリスマの横顔が人の波に消えた。氷川の目の前では中国人団体旅行客が派手に騒いでいる。周囲を見渡せば、目につくのは大きな荷物に座り込んで弁当やカップラーメンを食べる旅行客だ。

ただ、いつの間にか、背後にはよろよろと生まれたての子鹿のようによろめくイワシが立っていた。

「……あ、姐さん……やられた……たぶん、京介はチケット……本命チケット……本命行き先……たぶん、本命はあっち……」

イワシの言葉を聞いた瞬間、氷川も思い当たった。

「……あ、京介くんは最初から違う便のチケットと二枚取っていた？　京介くんのことだから三枚かも？　誰かの名前を借りているかもしれない？　……い、行き先はウィーンじゃないのかな？」

いつになく下品な会話は、氷川の気を逸らせるためだったのだろう。事実、氷川は生チ○コの連呼に引いた。

「……こ、ここであいつを逃したら……」

「迷子の放送をしてもらおう。イワシくん、迷子のふりをしてっ」

イワシくんが迷子で京介くんが保護者で僕が通りすがりの旅行客、と氷川は咄嗟に各キャラを設定した。

「姐さん、落ち着いてください……爆破しましょうっ」

「……あ、そうか、爆破したら飛行機は飛べない……犯罪は駄目ーっ」

眞鍋の核弾頭以上にサメ軍団の精鋭は動転していた。ゴジラを止めるため、手段を選んでいられないのだ。

「爆破予告にしておきますっ」

「爆破予告も犯罪だから駄目ーっ」

氷川とイワシが前後不覚に陥っていると、旅行客に扮したシャチが観念したように現れた。見ていられなくなったのだろう。

「姐さん、イワシ、ふたりとも落ち着いて」

天の助け、氷川は血相を変えて頼んだ。

「シャチくん？　戻ってきてくれたんだね？　京介くんを捕まえてっ」

「シャチ、京介を止めるか、飛行機を止めるか、ふたつにひとつだ。これでインポとハゲをひどくした罪は許してやる。任せたぜっ」

イワシが鬼気迫る顔で凄むと、シャチは中国人団体客の向こう側を示した。

「魔女が手を打っている」

シャチはお天気の話のように軽く言ったが、喉を引き攣らせたのはイワシだけではない。氷川もいやな予感しかしなかった。

「……祐くん？　祐くんなら空港爆破予告？」

「姐さん、あれはそんな可愛い魔女ではありません。二代目と一緒に京介に接触したようです」

シャチに嘘をついている気配はないが、つい先ほど、氷川は眞鍋組二代目組長を乗せた車を見送ったばかりだ。

「……え？　祐くんと清和くんは成田から離れたでしょう？」

「京介を油断させるためです。ただ、二代目と魔女では京介は抑えられません。姐さんの出番です」

眞鍋の参謀は最初から京介の行動を読み、シナリオを書いていたのだろうか。シャチの説明を聞き、イワシは腑に落ちたようだ。

「シャチくん、連れていって……あ、手を繋ごう」

氷川はシャチの手を握ろうとしたが、つれなく躱されてしまった。

「姐さんと手を繋いだら二代目に妬かれます」

「僕が摑んでいるならいいでしょう」

氷川はシャチの腕を摑み、騒々しい旅行客の間を進んだ。イワシも周囲に注意を払いつつ、よろけながらも続く。空港内に異常が発生したような雰囲気はいっさいない。誰もが自分の目的のために必死だ。

「シャチくん、……で、これからずっといてくれるんだね」

「姐さん、こんな時に」

「みんな、シャチくんを待っているから……ちゃんと聞いてほしい」

「姐さん、あちらです」

シャチが視線で差した先、人でごった返す中、一際異彩を放つ男たちを見つけた。華麗な王子の行く手を阻む眞鍋の龍虎だ。

氷川が飛びだそうとした瞬間、凄まじい音が清和の頬で鳴った。ボカッ、と。

「……っ」

京介が大悪魔のような形相で不夜城の覇者の顔を殴ったのだ。予想だにしていなかった光景に、氷川の下肢は機能を失った。

しかし、暴力を振るったほうも振るわれたほうも平然としている。周りにいる眞鍋の虎も参謀も。

「二代目、なぜ、避けない？」

京介が呆れたように問えば、清和はいつもの調子でボソリと答えた。

「避けたらお前は逃げる」

「二代目のメンツはどうなるでしょう？」

公衆の面前で一介のホストに横面を殴られて、と京介は煽るように続けた。極道界においてメンツがどういうものか、よく知っている男ならではの言葉だ。

イワシが息を呑んだ拍子に、氷川は正気を取り戻す。確かに、京介の行動は眞鍋組二代目組長のメンツを潰した。そういうことだけれども。

「お前に殴られたぐらいで、俺のメンツが潰れると思うか?」

ふっ、と清和は馬鹿にしたように鼻で笑い飛ばした。不夜城の覇者の高い矜持は、ホストの鉄拳ぐらいでは揺らがないらしい。

「たいした自信だ」

京介は欧米人のように派手に肩を竦めた。

「眞鍋をナメるな」

清和が苛烈な本性をちらつかせると、傍らのリキも静かな迫力を漲らせた。眞鍋の龍虎にとって、京介の取った行動は自尊心を逆撫ですることだ。

「ここで俺から離れなければ長江と開戦です。長江に勝つ自信があると?」

「黙って見ていろ」

「ハゲインポ軍団に何ができる?」

「戦争では使える」

「長江相手に生チ○コダンスを披露しますか?」

京介の溜まりに溜まった鬱憤が眞鍋の昇り龍に向かった時、警察官や警備員の団体がわらわらとやってきた。その背後には血塗れのショウや宇治もいる。

……あ、警察官や警備員はワカサギくんやタイくんたちだ、と氷川は一目で諜報部隊のメンバーだと見破った。

私服刑事に化けているのは、ベテランのアンコウだ。

「シャチくん、京介くんの背後に回って捕まえて……あ、あれ？　シャチくん？」

シャチの腕を摑んでいたのに、気づけばイワシの腕を摑んでいた。氷川も驚いたが、イワシも動揺している。

パクパクパクパク、とふたりの口は金魚のように。

いつしか、どの闇組織からも注目されていた凄腕は忽然と消えている。まさしく、忍者ではないか。

「……あ、あ、あれれ……シャチくんはどこに行った？」

氷川がきょとんとした面持ちで聞くと、イワシは金魚を引き摺りながら答えた。

「……あ、あ、あ、あいつ、どんなミッションも成功させる奴……シャチはそういう男です……また逃げやがった……」

「……も、もう……シャチくん……」

氷川が名前のつけられない感情で歯を嚙み締めると、イワシは今にも清和に二発目を決めそうなゴジラを差した。

「姐さん、ここでゴジラが暴れたらさすがにヤバい。鎮めてください」

間髪を入れず、アンコウもうらぶれた刑事の顔で続けた。

「逮捕してください」

アンコウに手錠を差し出され、氷川は受け取った。そうして、不夜城の覇者と睨み合う京介の前に出た。

……否、静かに背後に迫った。同じように、氷川にはショウや警察官に扮したメンバーも続く。

「京介くん、逮捕します」

カチャリ、と京介の左の手首に手錠をはめる。

「……姐さん？」

京介が驚愕で目を瞠った瞬間、ショウの右の手首に手錠をはめた。カチャリ、と。

ひとつの手錠に繋がれたのは京介とショウだ。

「連行してくださいっ」

氷川が熱血刑事を真似ると、アンコウを始めとする偽警察官たちが京介とショウを囲んだ。そのまま視線で宥めつつ、ショウという重石をつけた京介を歩かせる。

ゴジラでも姐さんには文句が言えねぇよな、と警察官に化けたメンバーがポロリと零した。

京介はようやく諦めたのか、悠然とした態度で進んだ。ショウは殴り込みに行くような顔だ。

「京介くんもショウくんもどちらも刑事に見えないけど、京介くんはひょっとしたら極秘捜査中の刑事に見えるかな」

　空港内にいる人々に不審がられると思ったが、付近にいる旅行客には大勢の眞鍋組関係者が混じっているような気がした。騒がれないため、巧みに誘導しているのかもしれない。なんにせよ、スタッフに化けている関係者が多いのは明白だ。氷川は今さらながらに眞鍋の機動力と組織力に驚嘆する。

「姐さん、お疲れ様でした」

　祐に今にも消え入りそうな声で労われ、氷川は確認するように聞いた。

「祐くん、これが祐くんのシナリオ？」

「今日、姐さんでも京介を止めるのが難しいと判断しました。それでも、時間を稼いでいただいたおかげで、こちらも手筈が整えられました」

　京介が京介だけに、祐はいかようにも変更できるシナリオを書いたらしい。最大の問題は兵隊を動かす時間だったようだ。

「ちょっとでも教えてくれていたらよかったのに」

「敵を騙すには味方から」

　フランス外人部隊のニンジャの必勝ルールが、祐の生気のない唇からも出た。ゴジラ相手に正攻法で挑んでも敵うわけがない。眞鍋の策士の言い分にも一利ある。

「……敵を騙すには味方から、か……京介くんだからね……」

氷川は大きな息を吐きながら、傍らに立つ清和の頬を優しく撫でた。ゴジラに殴られたのだから痛むだろうに泰然としている。

「姐さんが仰った通り、京介が逃亡に成功してもこじれるだけです。捕獲できてほっとしました」

どうやら、眞鍋組二代目姐と京介の会話はすべて筒抜けだ。

「長江と戦争になる？」

京介が眞鍋と長江に戦争させたくないのは明らかだ。氷川にしても開戦を望んでいるわけではない。

「姐さんが心配なさることではありません。まず、姐さんは眞鍋に蔓延するハゲとインポと蕁麻疹撲滅に力を貸してください」

「それは専門医に」

「ハゲとインポを重篤化させているのは姐さんです」

「心外だ」

氷川は険しい顔つきで異議を唱えたが、祐はもはや言葉を返さない。氷川は仏頂面の清和に守られるようにして歩きだした。

さしあたって、一刻も早く、この場を立ち去ったほうがいい。

想像を絶する出来事が立て続けに起こった一日は、極道色のない眞鍋第二ビルの優雅な部屋で終わった。豊潤なカサブランカの香りに包まれた室内は変わらない。愛しい男と駐車場で別れ、同じベッドで朝を迎えられないことも。

7

氷川が不法滞在者に間違えられ、ベトナム女性と一緒に拉致されてから五度目の夜を迎えた。

成田空港で見送って以来、京介とショウを見ていない。あの日から、愛しい男の顔も見ていない。不安は募るが、各媒体で暴力団関係のニュースは取り上げられていない。不気味なぐらい静かな日々が続いていた。

今夜も可愛い亭主が帰宅する様子はない。入浴後、氷川はひとりでキングサイズのベッドに横たわった。

そうして、すぐに深い眠りに落ちた。

けれども、青いベビー服に包まれた男児がヨチヨチと現れた。全身で十歳年上の幼馴染みに好意を告げている。

……否、黒いアルマーニに袖を通した不夜城の覇者だ。

氷川が目を開けると、雄々しく成長した幼馴染みがドアの隙間からそっとこちらを窺っていた。起こさないように細心の注意を払っているのだ。

「……清和くん？」

氷川が掠れた声で呼ぶと、清和は低い声でボソリと言った。

「起こしたか」

起こすつもりはなかった、と清和は鋭敏な双眸で詫びている。どうやら、寝顔だけ見るつもりだったらしい。

「……いいよ」

氷川は上体を起こすと、愛しい男に向かって手招きした。眠気など、吹き飛ぶに決まっている。

「すまない」

「いいから、顔をよく見せて」

氷川がさらに激しく手招きすると、清和はのっそりと近づいてきた。背後にいつも影のように控えている右腕はいない。

久しぶりに、照明を落としたベッドルームにふたりきり。

「怪我はしていない？」

氷川はシャープな頬を両手で挟み、調べるように強い光を放つ瞳を覗いた。

「ああ」

「本当？」

氷川は直に確かめないと気が済まず、清和のネクタイを手早く緩め、シャツのボタンを外した。固い筋肉がみっちりとついた上半身に包帯は巻かれていないし、殴打の痕も見当たらない。見覚えのある無数の傷は残っていたが。

「……足のほうは？」

氷川がズボンのベルトに手を伸ばすと、不夜城の覇者は目を細めた。

「何もない」

「狙われなかった？」

「ああ」

年下の亭主はポーカーフェイスで答えたが、ターゲットにならないわけがない。氷川は腹立ち紛れにズボンのベルトを外した。

「嘘つき、狙われたけど返り討ちにしたんだね」

「…………」

「イワシくんや銀ダラくんから、清和くんの無事は聞いていたけど心配だった。銀ダラくんはわけのわからないことで誤魔化すし」

あの日以来、氷川の送迎にはイワシのほか、メヒカリやシマアジ、銀ダラまでつくこともあった。

「すまない」

「竜仁会会長と大原組長が仁義を切った、ってイワシくんから聞いた。大原組長はあの長江組系の売春と人身売買の組織を潰したし、あの二次団体は破門した、って」

今日、イワシから望んでいた報告を聞き、氷川はほっと胸を撫で下ろしたばかりだ。関東の大親分に期待していたが、大原組長が長江組系三星会や五星会を消滅させるとまでは考えていなかった。大原組長にはできないと踏んでいたのだ。イワシにしても興奮していた。竜仁会会長や長江組の大原組長がいる限り、渡世は捨てたものじゃない、と。

「ああ」

「清和くん、誇らしそうだね」

氷川がズバリ指摘すると、清和は苦笑を漏らした。返答を待つまでもなく図星だ。

「尊敬できるヤクザがいて嬉しい？」

「ああ」

眞鍋の昇り龍は若くして不夜城を制圧し、数多の激闘を乗り越え、裏社会の頂点目前まで上り詰めたが、それまでに名のある極道が次から次へと坂を転がり落ちるように堕ちていったのだ。墓穴を掘った極道も多かったという。

心から敬愛できる極道は少なくなった。

「僕は今でも許せないけど、今回は目を瞑る。次は本気で通報するから」

「……………」

「京介くんのお母様の件、イワシくんやメヒカリくんたちにはハゲ面積が増えるから聞かないでくれ、って泣かれた。みんな、ハゲを見せるんだ」

氷川は自分の送迎担当者が増えた理由が、長江組を巻き込んだ京介と実母の件だと気づいていた。京介が「眞鍋組二代目姐の舎弟」と公言していたからだ。実母の意を受けた長江組関係者から何かあると覚悟していた。

しかし、今日まで何もない。

氷川は自分が知らないだけで裏では何かがあったと睨んでいる。

「…………」

「やっぱり、ショウくんがこじれさせたの？」

成田空港から手錠で繋がれていったふたりの仁義なき戦いはイワシや銀ダラから聞いた。シマアジやメヒカリもほとほと呆れていたものだ。

「今夜、長江とは話がついた」

京介の実母が頼った長江組幹部は、大原組長が特に目をかけている舎弟だったという。代理戦争を消滅させたそうだ。

「……うん、眞鍋と長江の戦争は回避できたけど、お母様は京介くんを諦められないんでしょう？」

「今夜、京介がカタをつけた」

どの問題も一気に処理したから、清和は帰宅したのかもしれない。ただ、それにしては、眞鍋の昇り龍を包む闇(やみ)が重い。

「……今夜？　京介くんはお母様と話し合いをしたの？　お母様はわかってくれたんだね？」

「母親は入院した」

清和の仏頂面を目の当たりにして、氷川の背筋がゴジラの炎で黒焦げになった。そんな気分だ。

「……い、いったい京介くんは何をしたの？」

ゴジラが何かしたに決まっている。

「…………」

清和の口は真一文字に結ばれているが、氷川にはなんとなくわかった。京介を凶行に駆り立てたのは自分だ、と。

「……え？　僕が原因？　僕がきっかけ？　どういうこと？」

「成田で京介に言ったことを思いだせ」

清和の腹から絞ったような声と同時に、成田空港でのやりとりが五色フルカラーで蘇(よみがえ)る。薔薇(ばら)を背負った王子はいつになく下品で辛辣(しんらつ)だった。

「僕は京介くんを宥(なだ)めるのに必死だった。ショウくんたちがさんざんなことをしていたし……え？　……ええ？　……ま、まさか？」

氷川は清和の表情をまじまじと観察し、自分が京介に向けたセリフを思いだす。目の前に眞鍋の男たちによるダンスシーンが広がった。

「京介がショウや宇治たちを引き連れて殴り込んだ」

「……ちゃ、ちゃんと話して……ちゃんと……」

「……あいつ……」

清和はどこか遠い目でポツリポツリと語りだした。京介が虎視眈々と狙っていた時がやってきたという。つまり、今夜の出来事だ。

会員制のフランス料理店で京介の実母が顧問弁護士や親戚と食事をしている時、京介はショウや宇治を始めとする眞鍋の剛健な男たちを従えて入店した。ホストクラブ・ジュリアスのホストたちやホストクラブ・ダイヤドリーム代表も続く。全員、揃いの長いコート姿だったから異形の軍団だ。

店側にはジュリアスのオーナーと眞鍋組の名前で予め承諾を取っていたという。京介一行が大騒動を起こす、と。

店のオーナーは眞鍋組顧問を崇拝していたから二つ返事だったらしい。ジュリアスのオーナーとは橘高正宗・非公認ファンクラブの会員仲間だ。

『おぞましき女帝、ご機嫌如何？』

京介は深紅の薔薇の花束を手に、濃艶な実母に挨拶をした。母と息子は一目でも見れば血の濃さがわかる。カリスマホストの美貌は絶世の佳人から受け継いだものだ。

『京介さん、ようやく、いらしたのね。お席を用意させるわ』

実母は胸元のイエローダイヤモンドを輝かせるように微笑むと、顧問弁護士がブラックタイのスタッフに合図を送った。

ブラックタイのスタッフは指示に従うふりをして奥に引っ込む。これで舞台の準備は整った。

『勘違いするな。生きている価値のない女とメシなんて食いたくもねぇ』

京介の惨い言葉に顔色を失ったのは、非現実を演出する豪華な個室でテーブルを囲んでいる顧問弁護士たちだった。肝心の実母は眉一つ動かさない。

『素直におなりなさい。これから私が教育してさしあげます。私が教育してさしあげるのだから光栄でしょう』

尊大な女帝には血をわけた子供の気持ちがいっさいわからない。最初から汲み取ろうともしない。蝶よ花よと育てられた生い立ちや環境がそうさせているのだろう。嫁ぎ先でも我慢とは無縁の日々だった。

それ故、夫が生存中でも極秘に京介に会うことは可能だった。今まで京介にコンタクトを取らなかったのはそういう意味だ。

『二度と会いたくない』

『どうして、素直になれないのかしら。せっかく私がそばに置いてあげると言ったのに』

はぁ〜っ、とこれ見よがしな京介の実母の溜め息に、同席の淑女たちも慌てたように追随した。女帝の機嫌を損ねた場合の被害の大きさを熟知しているからだ。

『餞別だ』

話し合いは無駄、と京介は判断したらしく指を鳴らした。

その瞬間、背後に控えていた屈強な男たちが、身につけていたコートをいっせいに脱いだ。バッ、と。

各自、イタリア製の黒いネクタイは締めている。イタリア製の黒い革靴も履いている。けれど、それ以外は肌色だ。

『……ひっ』

『……きゃーっ』

『……ぎゃーっ』

絶世の佳人を中心に淑女や紳士はこの世の終わりに遭遇したような悲鳴を上げる。それでも目は逸らさない。

『裸エプロンは男の夢、裸ネクタイは女の夢』

ホストクラブ・ダイヤドリーム代表の声により、極彩色の刺青を彫った男から戦隊物ヒーロー役者のような男まで、ネクタイと股間の一物を揺らしながら踊りだした。それぞれ、その手や口には串で刺した男性器を象ったチョコレートがある。タンバリンを叩きながら歌うのは、裸ネクタイの信司と夏目だ。

『おばちゃん、俺のチ○コはどうっスか？』

ショウが嬉々として先頭を切り、呆然としている淑女に自分の男性器を象ったチョコレートを差しだす。

吾郎や宇治も特攻隊員の顔で、串に刺したチョコレートを向けた。眞鍋組二代目組長の影武者がショコラティエ魂を込めて作っただけに精巧だ。

『女帝はどの生チ○コがご希望ですか？　サービスさせますから遠慮なくお申しつけください』

京介が悠然と微笑むと、実母は身体を震わせながら言った。

『……京介さん……このような子供じみた悪戯をなさって楽しいの？』

『悪戯じゃない。本気だ』

『通報しますわよ』

『通報してくれ。これで終わりだ』

京介は静かに背後に控えていた後輩ホストから、チ○コを象った巨大なチョコレートケーキを受け取った。

そうして、実母の顔面に。

ズボッ。

京介は積年の恨みを込めるかのように、実母の顔面に巨大なチョコレートケーキを押しつける。

『俺はガキだと思ってくれ。だから、俺を捨てて一度も顧みなかった女は反吐が出るほど嫌いだ。耳と鼻を削ぎ落として、素っ裸で銀座の三越前に転がしたいのを我慢している』

二度と俺に関わるな、と京介は冷酷無比な迫力を漲らせた。

『……っ』

『京介、殺すな』

『京介、いくらなんでも殺したらヤバい。年増でも美人だから商品になる。売春島に売り飛ばせ』

『京介、長江もこの女王様から搾り取るつもりだったんだ。殺さずに、全部、巻き上げようぜ』

『馬鹿な女王様だな〜っ。長江に限らず、ヤクザに何か頼んだら終わりだぜ。弱みを握られ、骨までしゃぶり尽くされるのにわかっていない』

眞鍋の男たちは口々にヤクザの恐ろしさを暴露した。公にできない問題や警察が処理できない問題を片づけられるのは暴力団だ。しかし、個人情報ばかりか弱みを握られるようなものだ。京介の実母は暴力団の恐ろしさを根本的に理解していない。ただ、顧問弁護士はある程度は理解しているようだ。

『……京介くん、君たちを訴えたくない』

顧問弁護士は泉下の人のような顔で京介を止めようとした。

『奴隷のセンセ、俺も奴隷のセンセを追い込みたくない。この馬鹿女に、ちゃんとわからせてやれよ』

京介は吐き捨てるように言うと、実母の顔を押さえていたチョコレートケーキから手を離した。

ボタボタボタッ、ボタリッ、とチョコレートが滴り落ちる。同時に美貌の女帝が椅子から転げ落ちた。チョコレート塗れのまま。

絶対的な女帝の無残な姿に、同席していた面々も昏睡状態に陥る。京介が従えた裸ネクタイ軍団にも圧されたのだろう。

辛うじて失神しないのは顧問弁護士のみ。

京介は演じ終えた舞台役者のように華麗なお辞儀をしてから去ったという。裸ネクタイ軍団とともに。

そこまで清和は話し終えると、苦い顔で溜め息をついた。事前に知らされていたようだが、京介がそこまでするとは予測していなかったようだ。眞鍋の虎や魔女の困惑した気配も伝わってくる。

「……あ、あの王子様が……京介くんがそんなことを？」

氷川は仰天するあまり、アルマーニに包まれた股間に触れてしまう。

「誰の案だ？」

「……そ、そりゃあ、そういうことを僕は言ったけど……そ、それで……それでお母様は入院されたの？」

京介一行が去った後、ゴージャスな個室が阿鼻叫喚の巷になったことは間違いない。救急車で搬送される場面も容易に想像できた。

「ああ」

「お母様の容態は？」

「たいしたことはない」

清和の目の動きに引っかかり、氷川は入院先を尋ねた。

「どこに入院されたの？」

ポンポンポンッ、と氷川の手は知らず識らずのうちに清和の股間を叩いている。答えるまで手は止まりそうにない。

「…………」

「もしかして、明和病院？」

ポンッ、と氷川の手に並々ならぬ力がこもった瞬間、清和は諦めたようにボソリと答えた。

「……速水総合病院」

端麗な天才外科医の実父が院長を務める、設備が整った総合病院だ。セレブ御用達の病院と名高い。

「速水俊英先生の病院に入院された？」

「関わるな」

「お母様に関わりたいとは思わないけれど、それで納得してくれたのかな？」

氷川の脳裏には勤務先でごねる常連患者が焼きついている。特権が病院でも行使できると思い込んでいるのだ。どんな紹介状を持っていても、どんな資産を所有していても、どんな仕事に就いていても、待ち時間は平等だというのに。

「あの女、京介をナメていた」

清和は一言で総括しようとした。

「悪い子、お母様をそんなふうに言うんじゃありません」

氷川は幼子にするように額をグリグリしながら咎めた。言いたいことは理解できるが、物言いに問題がある。たとえ、京介が実母を罵倒しても赤の他人は控えたほうがいい。血が繋がっていることは間違いないのだ。

「あの母親は京介もヤクザもナメていた」

確かに、不夜城の覇者の一言に集約される。とどのつまり、そういうことだ。京介の実母はすべて自分の思い通りになるものだと思っていた。意のままにならない実子に戸惑ったものの、深く考えなかったのだろう。長江組への依頼も一歩間違えれば足下を掬われるのを考慮しなかった。今まで誰もが自分にひれ伏してきたからだ。

「お母様はこれで、京介くんも眞鍋も長江も恐いってわかったのかな」

絶対的な女帝のショック療法になったのだろうか。所詮、京介の実母は名家に嫁いだ名家の令嬢だから、苛烈な修羅の世界は知らない。

「わからなければ、京介がカタをつける」

下手に関わっても京介のプライドを傷つける、と清和は言外に匂わせた。どこまでも踏み込んでいいのはショウだけだろう。

「それもそうだね……あ、元気……」

氷川は姿勢を変えた瞬間、清和の股間の昂ぶりに気づいた。いつの間にか、ズボン越しにも明確なぐらい膨張している。

「すまない」

清和は申し訳なさそうな顔で身を引こうとした。

が、氷川は広い胸にしがみつく。

「いいよ」

愛しい男の情熱を感じ、氷川の心も火がついたように熱くなった。このまま安眠できるわけがない。

「いいのか？」

年下の亭主は己でコントロールできないぐらい激しく求めているくせにいつも耐えようとする。氷川にとっては焦(じ)れったいだけだ。

「……うん、あれから会えなくて寂しかった。五日、会えなかっただけなのに」

氷川が甘えるように囁(ささや)くと、清和の体温が一気に上がった。

「…………」

「清和くんも寂しかった？」

氷川は愛しい男の顎先(あごさき)にキスをしつつ、ズボンの前を開いた。ぎゅっ、と膨張した男根を握る。

「ああ」

「少しでも顔を見せてくれればいいのに」

「すまない」

清和の逞(たくま)しい腕は華奢(きゃしゃ)な身体を気遣うようにそっと動いた。全精力を傾け、怒張した分身を鎮めようとしている。

「僕は意外と丈夫だ。そんなに気にしなくてもいいよ」

「…………」

「おいで」

氷川は清和の強靭な身体をシーツの波間に沈め、自分から乗り上がった。見下ろすと、妙な高揚を覚える。

「いいんだな？」

「時間がもったいないから」

氷川が頬を染めて承諾すると、愛しい男の手が下肢を暴く。身につけていた絹のパジャマや下着は手早く脱がされ、床に落とされた。

「僕をおいて閻魔様にご挨拶しちゃ駄目だよ」

「わかっている」

「可愛い」

氷川はたまらなくなって愛しい男の分身を内股に挟む。

それ以上に清和は耐えられなくなったようだ。圧倒的な力で氷川の身体をシーツの波間に埋めた。

「……あ、清和くん？」

視界が変わったと同時に秘部にぬるりとしたものを感じる。いつの間にか、さりげなく、清和は潤滑剤代わりのローションを用意していたのだ。

「すまない」

口では詫びているが、肉壁を弄くる長い指にはまったく躊躇いがない。氷川は下肢を痙攣させた。

「……あ、あっ……」

「力を抜いてくれ」

「……う、うん……ちょ、そこをそんなふうにしないでほしい……」

その一点をきつく抉られ、肌に喩えようのない悦楽が走る。秘部への愛撫だけで、氷川の分身も力を持つ。まっとうな男の身体ではないが今さらだ。それでも、微かに残っていた理性で腰を引く。

「………」

可愛い亭主は獰猛なオスの顔で氷川の懇願を無視した。自分より最奥を知っている男の指が憎たらしくも愛しい。

「……やっ……そんな意地悪をしないで」

早くも、身体の奥の奥から湧き上がる快感に耐えられそうにない。先に指だけで頂点を迎えたくなかった。

「………」

「……も、もぅ……もういいから……おいで……」

ようやく、最奥から指が引き抜かれ、激情の塊が押し当てられる。氷川の分身よりずっと熱く滾（たぎ）っている情熱の剣だ。

ふたりの身体はそうなることが当然のようにひとつになった。

すべての不安を吹き飛ばすように求め合う。

大原組長の英断により、最悪の事態は回避された。けれど、長江組との確執が綺麗（きれい）に消えたとは思わない。罪深い組織がすべて殲滅（せんめつ）されたとは思いたくても思えない。人身売買組織も京介の実母もどうなるかわからない。それでも、氷川は平和な日々を祈る。命より大切な男の激しい情熱を受け止めながら。

あとがき

講談社X文庫様では五十四度目ざます。氷川と愉快な仲間たちのカーテンコールをいただいた樹生かなめざます。

ありがとうございます。すべて読者様の応援のおかげざます……が、この後遺症話は許されるのでしょうか？　さんざん迷ったのですが、氷川の愉快な仲間たちが勝手に騒ぎだしました。京介までとうとう弾け飛びました。

読者様の懐は深いと信じています。

奈良千春様、懐の深さにつけこんで……いえ、懐の深さに感謝ざます。今回も癖のありすぎる話でごめんなさい。頭が上がりません。

読んでくださった方、感謝の嵐です。

再会できますように。

ベトナム料理ブーム中の樹生かなめ

『龍の蒼、Dr.の紅』、いかがでしたか？
樹生かなめ先生、イラストの奈良千春先生への、みなさまのお便りをお待ちしております。

樹生かなめ先生のファンレターのあて先

〒112-8001 東京都文京区音羽2-12-21 講談社 文芸第三出版部「樹生かなめ先生」係

奈良千春先生のファンレターのあて先

〒112-8001 東京都文京区音羽2-12-21 講談社 文芸第三出版部「奈良千春先生」係

N.D.C.913　223p　15cm

樹生かなめ（きふ・かなめ）

講談社X文庫

血液型は菱型。星座はオリオン座。
自分でもどうしてこんなに迷うのかわからない、方向音痴ざます。自分でもどうしてこんなに壊すのかわからない、機械音痴ざます。自分でもどうしてこんなに音感がないのかわからない、音痴ざます。自慢にもなりませんが、ほかにもいろいろとございます。でも、しぶとく生きています。
樹生かなめオフィシャルサイト・ＲＯＳＥ13
http://kanamekifu.in.coocan.jp/

white heart

龍の蒼、Dr.の紅

樹生かなめ

●
2021年4月27日　第1刷発行

定価はカバーに表示してあります。

発行者――鈴木章一
発行所――株式会社　講談社
東京都文京区音羽2-12-21 〒112-8001
電話　編集　03-5395-3507
販売　03-5395-5817
業務　03-5395-3615

本文印刷―豊国印刷株式会社
製本―――株式会社国宝社
カバー印刷―半七写真印刷工業株式会社
本文データ制作―講談社デジタル製作
デザイン―山口　馨

ISBN978-4-06-522794-7